A la luz
de la luna

Meredith Webber

HARLEQUIN®
Tiempo para ti™

NOVELAS CON CORAZÓN

Editado por HARLEQUIN IBÉRICA, S.A.
Moreto, 15
28014 Madrid

I.S.B.N.: 84-396-9374-5
Depósito legal: B-11660-2002
Editor responsable: M. T. Villar
Diseño cubierta: María J. Velasco Juez
Fotomecánica: PREIMPRESIÓN 2000
C/. Matilde Hernández, 34. 28019 Madrid
Impresión y encuadernación: LITOGRAFÍA ROSÉS, S.A.
C/. Energía, 11. 08850 Gavá (Barcelona)
Fecha impresión Argentina:5.3.03
Distribuidor exclusivo para España: LOGISTA
Distribuidor para México: PUBLICACIONES SAYROLS, S.A. DE C.V.
Distribuidores para Argentina: interior, BERTRAN, S.A.C. Vélez
Sársfield, 1950. Cap. Fed./ Buenos Aires y Gran Buenos Aires,
VACCARO SÁNCHEZ y Cía, S.A.
Distribuidor para Chile: DISTRIBUIDORA ALFA, S.A.

Capítulo 1

MIENTRAS conducía a lo largo del estrecho camino de arena que iba desde su refugio hasta la carretera que llevaba a la ciudad, Noah Blacklock iba maldiciendo a todas las mujeres. No estaba seguro de cómo podría culpar a la conspiración universal de las mujeres que llegara tarde aquella mañana, pero estaba convencido de que tenía que ser obra de una mujer.

El poderoso motor del todoterreno rugió mientras trataba de avanzar sobre la suave arena. Ya no le quedaba mucho, solo unos pocos metros, tras tomar una curva y bajar la colina, para llegar a la carretera principal que llegaba a la ciudad.

Tomó la curva demasiado rápido. El todoterreno se deslizó hacia un lado antes de que los neumáticos pudieran agarrarse de nuevo al suelo y le permitieran recuperar el control del vehículo. Entonces, pisó el freno. La parte trasera de un Toyota se iba acercando más... y más... y...

El todoterreno se detuvo a pocos centímetros del otro vehículo. Entonces, Noah saltó de su coche, soltando coloristas exabruptos para un conductor que había sido lo suficientemente estúpido como para detenerse en una curva con tan poca visibilidad.

¡Tenía que ser una mujer, por supuesto! Y rubia... De esas de rotundas curvas, largas piernas... El prototipo de los chistes de rubias.

Estaba de pie, con el gato en una mano y una barra

de metal en la otra. Entonces, miró a uno de los neumáticos de su vehículo.

Noah se tragó las palabras que le hubiera gustado gritarle, agarró el gato y la barra de metal, los colocó debajo del chasis. Se disponía a levantar el vehículo cuando se dio cuenta de que las tuercas de la rueda todavía no estaban aflojadas. Vio que había una caja de herramientas en la arena.

—Yo... —comenzó la mujer, pronunciando las palabras con voz suave.

—No hable. ¡No diga ni una sola palabra! —gruñó él, mirando al último miembro del sexo femenino que el destino había colocado en su camino para enfurecerlo y frustrarle.

—Pero...

Noah levantó una mano para interrumpir sus protestas y empezó a aflojar las tuercas de la rueda. A continuación y levantó el coche con la ayuda del gato. Tras retirar las tuercas, sacó la rueda del eje y se volvió a mirar a la mujer.

—¿Dónde tiene la rueda de repuesto?

Ella le sonrió. Entonces, Noah se dio cuenta de que era una mujer muy hermosa. Sin embargo, no permitió que aquella pequeña observación lo distrajera.

—¿Y bien?

La sonrisa se hizo más amplia, revelando un hermoso hoyuelo en la mejilla derecha. Sus ojos, más azules que el cielo de aquella tarde, sonrieron también.

—Es ese —respondió, señalando el neumático que él tenía sujeto entre las manos.

—¿Me está diciendo que no tiene una rueda de repuesto decente para poder reemplazar a esta? —rugió Noah—. Está aquí, sola, en una carretera tan aislada como esta y sin rueda de repuesto... ¡Mujeres!

Furioso, levantó las manos para expresar mejor su

enojo. Entonces, el neumático se cayó hacia un lado y le golpeó la pantorrilla, haciéndole perder el equilibrio. La mano de la desconocida le agarró del brazo y evitó que cayera. Sin embargo, los sonidos que salían de la garganta de la mujer eran más gorjeos de alegría que palabras tranquilizadoras o disculpas.

—Esa es la de repuesto —consiguió decir ella, entre risas—. La que tengo en la parte trasera está pinchada. Acababa de cambiarla cuando apareció usted y, como todos los hombres, tuvo que entrometerse y comportarse como un macho típico.

—¿Por qué no me detuvo? —gritó él—. ¡Dígamelo!

Ella se encogió de hombros. El movimiento hizo que se le levantaran los pechos de un modo que hizo que Noah no supiera ya si quería matarla o tomarse su tiempo para investigar mejor aquellas protuberancias.

—¿Después de que me dijera que me callara y de que me gruñera tan ferozmente que me eché a temblar? ¿Cómo iba a hacerlo una pobre mujer indefensa, aquí en este lugar aislado? Bien, ahora, ¿va volver a ponérmela para que pueda ir a trabajar o tendré que volver a hacerlo yo misma?

Noah, que en aquel momento se estaba imaginando que aquella belleza le pedía algo muy distinto del perdón que hubiera querido momentos antes, trató de concentrarse en la situación.

—¿Ponerle qué? —musitó.

—La rueda —replicó ella—. De hecho, como acabo de practicar, incluso voy a echarle una mano yo misma.

Se inclinó, levantó el neumático y lo hizo rodar hacia el coche. Para cuando estaba a punto de ponerlo sobre el eje, Noah se dio cuenta de que debería estar haciéndolo él en vez de mirar las piernas que se mostraban bajo una falda muy corta.

—¡Permítame! —gruñó, quitándole el neumático de

las manos. Juntos, colocaron la rueda–. Debe de estar perdida si está en esta carretera –añadió, mientras colocaba las tuercas, tratando de dar un poco de normalidad a aquella extraña situación.

–No, voy a alojarme a poca distancia de aquí.

–¿Dónde, exactamente? –quiso saber Noah. Lo único que había a poca distancia de allí era su casa.

–Es usted muy suspicaz, ¿verdad? –afirmó ella–. Pues en la casa de Matt Ryan, si quiere saberlo.

–¿A la casa de Ryan? Pero si se está hundiendo. ¿Qué ha ocurrido? ¿Es que Matt ha decidido dejar la buena vida y empezar a vivir del modo en el que finge hacerlo en sus documentales? ¡Ya me lo imaginaba!

El sarcasmo con el que aquel hombre había hablado obligó a Jena defender a su jefe.

–¡Matt vive esos documentales! ¡Acepta esos desafíos!

–¡Sí, claro! –replicó él, soltando la presión que estaba ejerciendo sobre el gato para dejar que el vehículo volviera a caer sobre el suelo–. ¡Él y su maquilladora, su estilista... por no mencionar su equipo de apoyo de diez hombres! ¡Menudo desafío!

–En sus desafíos, viaja solo. Efectivamente, hay un equipo de filmación, pero no están con él en su vehículo y el resto de sus compañeros van por delante de él.

–Para colocar las tiendas, hacerle una cómoda cama, prepararle la comida, poner a refrescar el vino... ¡Sí, señora! ¡Eso es lo que yo llamo un verdadero desafío!

–Por supuesto que lo es –le espetó ella, al tiempo que le quitaba el gato de las manos y se dirigía al maletero para guardarlo–. Sus documentales se venden por todo el mundo y los ven millones de personas...

–Quienes acaban todos con la idea equivocada de que vivir en Australia es luchar constantemente con los cocodrilos, andar por selvas infestadas de serpientes o estar colgado precariamente de las piedras. Ese hombre prepara sus desafíos y los pone en práctica como si se tratara de un héroe.

Noah se detuvo a tomar aire y Jena, que debería haberlo interrumpido en aquel momento, se encontró admirando la amplitud de su tórax mientras se llenaba de aire. Era un hombre alto, fuerte, bien formado, de cabello oscuro y con un atractivo y curtido rostro.

–Lo que es un desafío es encontrar una cura para el cáncer –prosiguió él–. ¡Arreglar los problemas de la juventud que no tienen un lugar en el que vivir! ¡Hasta aprender a vivir en el mismo planeta que las mujeres es un desafío! Usted elige, pero creo que no hay que dejarse llevar por los programas de televisión de Matt Ryan! ¡Se trata de entretenimiento, rubia, no de un desafío!

–¡No me llame rubia! –le espetó ella, sin poder evitar fijarse en sus ojos.

Eran claros, pero, ¿grises o verdes muy claros?

–Ya me imagino lo que Matt está haciendo en su casa.

–¿Qué es lo que cree Matt está haciendo allí? Además, ¿por qué tiene Matt que estar allí?

Decidió que los ojos eran grises cuando él la miró de arriba abajo, respondiendo su pregunta con silenciosa insolencia.

Jena apretó los puños, pero se dio la vuelta antes de que pudiera ceder a la tentación que se había apoderado de él. No debía llegar tarde en su primer día de trabajo.

–Si él no está aquí, ¿quién está con usted?

El desconocido la había seguido de nuevo hasta la puerta de su coche y se la había abierto.

–¡Nadie! Estoy allí sola. Por supuesto –añadió inmediatamente, al darse cuenta de la tontería que había dicho–, van a venir unos amigos a visitarme, a quedarse conmigo.

–Por supuesto –repitió él–. No me cabe duda alguna de que hay muchas personas muriéndose por hacerle compañía en una cabaña ruinosa en medio de ninguna parte. Como diría mi abuela, yo no me chupo el dedo, rubia.

Jena estaba a punto de protestar de nuevo por el nombre cuando él se inclinó de nuevo sobre ella.

–Supongo que tiene un teléfono móvil, así que aquí tiene mi número. Aunque no puede ver mi casa desde la de Matt, está solo a unos cien metros. Si necesita algo...

Entonces, le entregó una tarjeta. Jena lo sostuvo entre los dedos, tratando de distinguir lo que había escrito en ella. Hubiera dado cualquier cosa para saber el nombre de aquel desconocido, pero no pensaba sacar las gafas de leer del bolso para poder hacerlo.

–¿Conoce el número de los servicios de emergencia? –prosiguió él, de un modo bastante paternalista–. Tal vez sería buena idea hacerse también con el de la comisaria de policía para que supieran que usted está allí. A los chicos de la ciudad les encantaría tener la oportunidad de salvar a una damisela en peligro. O incluso pasar a verla de vez en cuando.

De nuevo, la miró de arriba abajo, pero, antes de que Jena pudiera protestar, ya había cerrado la puerta del vehículo y se había marchado. Aquel gesto dejó a Jena con una extraña sensación.

Efectivamente, era también un hombre atractivo, pero Jena estaba tan acostumbrada a la compañía de hombres guapos que la belleza ya no le impresionaba. Era el interior lo que contaba, y, por lo que a ella le parecía, la furia que atesoraba aquel hombre por dentro no le confería ningún encanto.

Noah memorizó la matrícula mientras seguía al otro vehículo por el sendero. ¿En qué estaba Matt pensando para permitir que una mujer como aquella, de hecho, cualquier mujer, estuviera en aquella ruinosa cabaña sola? La casa no tenía electricidad y probablemente tampoco agua.

Se recordó que no era asunto suyo. De hecho, la actitud que había adoptado en su infancia de no mezclarse con los asuntos de Matt seguía vigente. Ya había sido demasiado malo tenerlo como ejemplo durante toda su juventud, pero, además, la madre de Noah seguía hablado de él con profunda admiración. Evidentemente, le impresionaban más las estrellas de la televisión que los médicos.

Además de todo aquello, estaba su determinación de huir de las mujeres, especialmente de las rubias, dada la desastrosa manera en la que habían formado parte de su vida últimamente. En especial, eso se aplicaba a las rubias de Matt Ryan.

A pesar de que había hecho todo lo posible por evitar a Matt durante años, le había sido imposible abstraerse a sus hazañas. Matt conseguía mejor cobertura informativa que el gobierno de la nación y, en rara ocasión, aparecía sin una rubia del brazo.

Según los periódicos sensacionalistas, no eran más que rubias sin inteligencia alguna. En realidad, cuando uno se paraba a pensarlo, dotar a una mujer como la que iba conduciendo delante de él de inteligencia además de un imponente físico, hubiera sido una exageración.

«Machista», gritó una vocecita en su interior. Recordó la interminable longitud de sus piernas y la mirada de furia que ella le había dedicado... Tal vez resultaría divertido tener a una de las rubias de Matt como vecina durante algún tiempo. ¿Acaso no le había robado Matt a Bridget Somerton cuando eran unos adolescentes?

«Ni hablar», se dijo. «Nada de mujeres. Y mucho menos rubias». Si aquel tiempo separado de Lucy no resolvía las cosas entre ellos, entonces, cuando estuviera listo para tener otra relación, escogería a una morena. Una mujer con una profesión. Tal vez una abogada o una ejecutiva. Nada de rubias con largas piernas.

Jena pasó delante de la tienda y de las tres casas que constituían el núcleo de población más cercano a la vieja cabaña de Matt y luego aceleró cuando llegó a la carretera principal. Resultaba difícil de creer que un sitio tan aislado como Lake Caratha estuviera solo a quince minutos en coche de una bulliciosa ciudad. Kareela servía como centro regional para las zonas turísticas que había a lo largo de la costa.

Era una estupidez sentirse nerviosa. Había trabajado como ayudante en proyectos similares a aquel por lo que hacerlo de nuevo no le resultaría complicado. Tal vez los nervios se debían al hombre que se acababa de encontrar. Alto, moreno y gruñón. Aquella era una perfecta descripción de él. También se podría haber dicho que era atractivo, aunque la suya no era una belleza del todo convencional.

Cuando entró en la ciudad, aminoró un poco la marcha. Miró a su lado con interés, dado que el día anterior no había podido ver mucho. Faltaba menos de un mes para la Navidad y ya se estaban colocando los adornos por todas partes. Sin embargo, cuando llegara la fecha festiva, ella ya no estaría allí. Si todo salía como había esperado, tendría garantía de que formaría parte de la nueva serie que Matt estaba planeando. Mientras tanto, tendría que triunfar con aquel trabajo del hospital y aguantar en aquella cabaña tres semanas.

Antes de girar en dirección al hospital, miró por el retrovisor y vio que el todoterreno del furioso desconocido seguía tras ella. Sin embargo, cuando volvió a mirar al empezar a subir la colina, había desaparecido.

Cuando llegó por fin al aparcamiento, del hospital, buscó una plaza y contempló el antiguo edificio. Un escalofrío le recorrió la espalda. Podría haber sido por excitación o aprensión, pero decidió no analizarlo. Era mejor pasar el tiempo arreglándose el cabello.

–¿Ha llegado ese hombre ya? –preguntó Noah, en el momento en que entró en las oficinas del hospital.

Peta Clarke, la de más antigüedad de las dos secretarias, negó con la cabeza.

–No, pero el señor Finch sí, si quiere verlo.

Noah resistió el impulso de hacer un gesto de desesperación con los ojos. Lo mejor que podía hacer era tratar de apaciguar al director gerente en vez de enfrentarse a él, pero el hombre no mostraba predisposición alguna a arriesgar, a probar nada nuevo. En realidad, era la frustración la que lo había puesto tan furioso. Primero era el retraso en instalar a los chicos en su casa, luego, la insistencia de Jeff Finch en que cualquier plan debería aprobarse primero por el Departamento de Sanidad, siguiendo el procedimiento correcto.

–Ya veo que vais vestidas con vuestras mejores ropas, aunque solo estamos en las escaramuzas preliminares –dijo Noah, con una sonrisa mirando lo elegante que iban las mujeres.

–Qué tontería, ¿verdad? –respondió Peta–. Ya nos han dicho que no van a empezar a filmar hasta dentro de una semana, pero nosotras ya hemos venido de domingo. Nos hemos reído ya bastante –añadió, con una sonrisa.

Noah sonrió, aunque dudaba que hubiera mucha diversión en las próximas semanas. Lo primero que iba a hacer era explicarle a aquel coordinador que Kareela era un hospital en funcionamiento y que no consentiría ninguna interrupción en los servicios prestados a los pacientes o una injerencia en la capacidad de los empleados para desempeñar sus funciones. Le dejaría bien claras sus condiciones.

Entró en su despacho y miró el reloj. Si aquel tipo no llegaba a tiempo, se iría a hacer sus rondas. ¡Eso le enseñaría!

En aquel momento, el teléfono empezó a sonar. Patsy, la recepcionista, le anunció que la visita que esperaba ya había llegado.

—Dígale a Peta que lo haga pasar —le ordenó, antes de sentarse en su butaca, detrás de su escritorio.

Entonces, se puso las gafas y tomó un montón de papeles. Cuando oyó que se abría la puerta, que Peta murmuraba un nombre y que la puerta volvía a cerrarse, decidió que ya estaba bien de disimular. Suspiró y levantó la cabeza, quitándose al mismo tiempo sus gafas de lectura. La imagen resultaba algo borrosa, pero se podía identificar, a pesar de que la cascada de cabello rubio iba recogida de un modo sencillo, pero elegante.

—¿Rubia? ¿Qué diablos quieres? ¿Es que vas a demandarme por lo de la rueda del coche?

Aquel comentario no pareció aturdir a su visitante en lo más mínimo. Ella dio un paso al frente y extendió la mano.

—Tal vez deberíamos habernos presentado antes. Me llamo Jena Carpenter y soy la coordinadora para Showcase Productions.

Noah extendió la mano y, sin saber cómo, consiguió que los papeles que tenía en la mano se le cayeron, formando un amplio abanico sobre el suelo.

Cuando se inclinó para recogerlos, la voz de aquella mujer le hizo incorporarse de nuevo.

—Puede llamarme Jena, señorita Carpenter o «¡eh, tú!» —añadió, mientras estrechaba la mano que flotaba inciertamente sobre el escritorio antes de soltarla de nuevo con frialdad—, pero si vuelve a llamarme «Rubia», lo demandaré por acoso en el lugar de trabajo.

La resolución con la que ella habló le dijo a Noah que había pronunciado completamente en serio aquellas palabras y apartó momentáneamente la cara.

—Supongo que esto es idea de Matt Ryan, ¿verdad? —afirmó, mirándola de nuevo a los ojos—. ¿De verdad creyó que enviándome una mujer atractiva conseguiría hacer exactamente lo que le diera la gana en mi hospital?

—¿Su hospital?

—Sí, soy el jefe de los servicios médicos y la comodidad y el bienestar general de los pacientes son mi responsabilidad y mi principal preocupación. Pensé que ya se lo había explicado todo esto a Matt.

—Bueno, volvamos a empezar, ¿le parece? —sugirió ella—. Para empezar, aunque Showcase Productions es una división de la empresa que poseen Matt y sus socios, no tiene el control día a día de la misma, ni interfiere en la producción de los programas. No ha tenido nada que ver en la elección de Kareela como lugar de filmación ni con mi nombramiento como coordinadora.

No estaba segura de que aquella última frase fuera cierta. De hecho, vio la cara de incredulidad en el rostro del médico, incluso antes de que él replicara:

—¿Y el hecho de que usted se aloje en su cabaña es pura coincidencia?

—Que yo me aloje en su casa no tiene nada que ver con esta producción —afirmó Jena. Aquello era cierto, aunque la necesidad de vivir cerca de la ciudad durante tres semanas le había proporcionado la oportunidad de demostrarle algo a Matt.

—¡Sí, claro!

–Donde yo viva no es asunto suyo, doctor Blac-klock –le espetó ella–, así que, ¿le parece que nos po-dríamos olvidar del tema y de la vieja historia que us-ted tenga con Matt y que le ha puesto tan a la defensiva y hablar de la filmación? En especial, porque fue usted el que insistió en tener una persona con la que poder tratar a lo largo de la misma. Se me designó a mí por-que soy la única persona en la empresa que tiene expe-riencia tanto en el campo de la producción como en el de la enfermería.

–¿Es usted enfermera?

–Si hubiera leído la información que le enviamos hace unas pocas semanas, sabría que no soy enfermera sino que estudié enfermería durante dos años e hice al-gunas prácticas, lo que me da cierto nivel de conoci-mientos. Además, como mi trabajo aquí no implica ejercer como enfermera, no creo que mi nivel de expe-riencia sea importante. Creo que lo primero que hay que hacer es poner algunas reglas.

–¡Exactamente! –exclamó él, furioso de que aquella mujer se le hubiera adelantado.

Se preparó para lanzarle su discurso, pero ella se sentó y se le levantó la falda, revelando una porción oculta de un bronceado muslo.

–Entiendo que este es un hospital en pleno funcio-namiento y que, aunque los casos más urgentes se tras-ladan a Brisbane, aquí hay pacientes que requieren atención continuada. Por eso se escogió Kareela. Showcase se especializa en una televisión «real como la vida misma» que es muy popular en estos momen-tos. Estoy aquí para ocuparme de que el equipo de fil-mación cause las menores molestias posibles en el fun-cionamiento diario de este hospital. Puede ayudarnos o hacernos la vida todo lo imposible que quiera, doctor Blacklock. Sé que usted no quería que se filmara el documental aquí, pero que cedió al ver que se incrementaban los beneficios que recibiría el hospital. No solo estamos pagando para estar aquí, sino que estamos pagándoles mucho dinero. Según creo, parte del dinero va a ir a parar a un proyecto que usted está dirigiendo así que, tanto si le gusta como si no, se espera de usted que coopere. Hoy necesito conocer el hospital y organizar al equipo. Desde mañana, tendrá que cargar conmigo. Seré una sombra, aunque no le guste a usted. Como explica el contrato –prosiguió–, este despacho no resulta adecuado, así que vamos a construir un decorado similar, en el piso de arriba, exclusivamente para que podamos filmar escenas en las que usted esté realizando su papeleo. También haremos una reproducción del quirófano.

–¿Y eso es «televisión real como la vida misma»?

Jena no se molestó en responder aquella pregunta y pensó en la pregunta que tanto le había turbado desde que había sabido dónde se iba a filmar el documental.

–¿Por qué han encogido tanto este hospital que tiene una planta completa vacía? ¿Es que hay menos personas enfermas?

–Los hospitales regionales proporcionan una variedad más amplia de servicios a más población, pero ofrecen menos servicios especializados –respondió él, tras examinarla un momento. Entonces, agarró un bolígrafo. Jena se sintió hipnotizada por los largos dedos que jugueteaban con el objeto–. Además, las estancias en el hospital son mucho más cortas hoy en día que hace cincuenta años, cuando se construyeron los hospitales como este.

A pesar de la fascinación que sentía por aquellos dedos, Jena escuchó atentamente la información y también recordó lo que había leído sobre Noah Blacklock.

–Entonces, ¿por qué alguien como usted, con tanta experiencia en Urgencias, acepta un trabajo en una ciudad de provincias, donde las necesidades médicas de los pacientes que se pueden tratar son más básicas? ¿Es que le quemó la gran ciudad?

–Dudo que eso sea de su interés –replicó él–. Según he creído entender, solo va a utilizar el piso superior para crear esos dos decorados, pero todo el equipo tendrá que tener acceso al mismo, por lo que, a menos que puedan levitar, tendrán que subir por el vestíbulo y por las escaleras. ¿Es mucho pedir que utilicen la entrada trasera y que no hagan mucho ruido mientras entran y salen?

–Nuestro equipo recibirá instrucciones para que hagan el menor ruido posible –le aseguró ella–. El diseñador de decorados y los carpinteros inspeccionarán el piso superior hoy mismo. Hablaré con ellos en cuanto lleguen. Es posible que el equipo pesado y los decorados que necesiten puedan ser izados a través de las ventanas en vez de subirse por las escaleras.

Él no pareció exactamente agradecido, pero asintió de todos modos.

Jena estaba a punto de explicarle las otras medidas que pondría en funcionamiento para turbar lo menos posible el funcionamiento del hospital cuando alguien llamó a la puerta. Cuando se abrió, entraron en el despacho un hombre joven y una esbelta y delgadísima rubia.

Capítulo 2

JENA observó el gesto de contrariedad que había en el rostro del doctor Blacklock y se preguntó cuál de los dos recién llegados lo habría causado. ¿La rubia? ¿Es que todas las mujeres lo molestaban?

—Según tenía entendido teníamos que estar presentes en la reunión con la señorita Carpenter —dijo el hombre, muy secamente. Entonces, se acercó y, con un gesto furioso, se apoyó en el escritorio y miró con frialdad a Noah Blacklock.

—Y yo tenía entendido que el hecho de contar con una coordinadora era para que yo solo tuviera que tratar con una persona durante todo este circo, no con una tribu de personas.

La mujer suspiró y sacudió la cabeza.

—No es tu hospital, Noah —dijo.

—Realmente es mucho más fácil si trato con una persona —afirmó Jena, esperando así mejorar la situación—, aunque, naturalmente, cualquier miembro de este hospital me podrá consultar cuando quiera. De hecho, el doctor Blacklock estaba a punto de llevarme a conocer a todo el mundo —añadió. Entonces, se puso de pie y le extendió la mano a la mujer—. Jena Carpenter.

—Linda Carthew —respondió ella, mientras el doctor Blacklock recogía todos los papeles, sin estrechar la mano que Jena le había extendido.

—Jeff Finch —dijo el hombre, agarrando la mano que

Linda Carthew había rechazado–. Soy el director gerente del hospital y estoy a cargo de la dirección general del hospital, así que solo tiene que pedirme cualquier cosa que desee. Linda es el miembro más activo del consejo y su trabajo fue fundamental para que el consejo aceptara que vinieran a grabar aquí.

En aquel momento, Noah Blacklock se puso de pie y se colocó al lado de Jena.

–¡La señorita Carpenter es mi coordinadora!

Tras decir aquellas palabras, la agarró por el codo y la sacó del despacho para llevarla al vestíbulo del hospital.

–¿Su coordinadora? –repitió Jena.

–¡Ya sabe a lo que me refiero! Está aquí para ocuparse del bienestar de los pacientes mientras dure este circo, no para adular a esos dos.

–¿Sabe una cosa? Cuando vine aquí, a pasar tres semanas en la vieja cabaña de Matt parecía el mayor desafío de este trabajo. No tenía ni idea de que me iba a ver envuelta en un conflicto de poderes.

–¡No se trata de nada de eso! Bueno, no en lo que al proyecto se refiere –corrigió–. Tal vez estuviera en contra de todo esto al principio, pero, tiene razón, necesitaba dinero para otra causa y accedí por la parte financiera. Le prometo que no le causaré ningún problema.

–¿No?

–Si usted no me lo causa a mí, no. Ahora, vamos. No tengo todo el día. Le presentaré a los empleados y le enseñaré el edificio.

Entonces, echó a andar hacia una puerta que se abría a la derecha del vestíbulo. Jena, perpleja por sus cambios de humor, lo siguió.

–Esta es Rhoda Dent –dijo él, cuando llegaron a la sala de enfermeras. –. Es la enfermera jefe.

–Me llamo Jena Carpenter –ofreció Jena, cuando se dio cuenta de que el médico no tenía intención de presentarlas adecuadamente.

Noah no pareció prestar atención a aquel intercambio porque un papel que había sobre el escritorio le llamó la atención.

–¿Que Tom Jackson admitió a Carla Trantino anoche? –preguntó, mirando a la enfermera.

–¿No le dejó un mensaje? –quiso saber Rhoda.

–Tal vez –admitió Noah–. Se me han caído muchos papeles al suelo. Puede que estuviera entre ellos. ¿Qué ocurrió?

–No se trata de drogas. Bueno, por lo menos es lo que nos pareció a todos. A Tom le pareció que un análisis de sangre le hubiera hecho hacerse una idea muy equivocada a Carla.

–¿De que no nos fiábamos de ella? –afirmó Noah–. ¡Bien por Tom! Sabía que me respaldaría en el proyecto, pero no me había dado cuenta de que lo defendía con tanto ahínco.

–Uno de sus primos murió de una sobredosis –dijo Rhoda–. Volviendo al problema de Carla, este parecía más bien relacionado con algo físico. Aparentemente un par de idiotas decidieron que las chicas que están en su casa eran fáciles y entraron esperando una fiesta. Habían bebido demasiado y llevaban más botellas de alcohol. Según Tom, a quien se lo dijo un tal Davo, uno de ellos agarró a Suzy por el brazo y cuando Suzy gritó, los demás entraron en acción.

–Me sorprende que no sean esos chicos los que estén en el hospital.

Entonces, salió de la sala y se dirigió a una cama que había en un pabellón contiguo. Jena decidió esperar con la enfermera. Tal vez Rhoda le explicara a qué se había debido toda aquella conversación.

—Ese es el ala de las mujeres y detrás de nosotros está el de los hombres —dijo la enfermera, sin explicar nada—. Los dos salen del vestíbulo principal, pero como las escaleras suben por este lado del pabellón de los hombres, no lo parece. Al otro lado, detrás de la recepción y de las oficinas, hay un quirófano y las Urgencias, que tiene su propia entrada en la parte trasera.

En aquel momento, llegó una enfermera más joven. Rhoda le hizo una señal para que se acercara.

—Jill, esta es Jena Carpenter, de la cadena de televisión. ¿Quieres enseñarle todo esto y presentarle a todos los demás mientras yo hago la ronda con Noah?

La joven pareció encantada.

—Todos teníamos muchas ganas de que empezara la grabación. Sé que Noah nos ha dicho que tenemos que actuar lo más normalmente que sea posible, pero, sinceramente, en un lugar de este tamaño hasta el desfile de Navidad es emocionante, ¡así que te podrás imaginar lo que significa para nosotros tener un equipo de televisión filmándonos para salir en la tele!

Jill la acompañó a través del pabellón hacia una galería acristalada.

—Llamamos a estas camas «las de la galería» por razones evidentes —explicó la joven. Entonces, con una sonrisa en los labios, se acercó a una de las camas—. Hola, señora Nevins.

La mujer sonrió, pero no respondió, ya que estaba muy concentrada en lo que estaba tejiendo. Los colores resultaban tan atractivos que a Jena le hubiera gustado detenerse, pero Jill la obligó a continuar, mencionando al tiempo que pasaban los nombres de las demás pacientes.

—Esta es una zona de estabilización y de cuidados no urgentes. Aquí tenemos a las personas que vienen a hacerse pruebas para empezar tratamientos. Tenemos tres médicos de cabecera en la ciudad y casi todas esas personas son sus pacientes. Tenemos cinco habitaciones individuales, pero todo el mundo prefiere estar en la galería con otras personas en vez de solos. Ahora, tres de esas habitaciones se utilizan para tener a las parturientas, aunque no suelen nacer allí muchos niños. La ciudad tiene una matrona estupenda y muchas mujeres deciden dar a luz en sus casas.

Jena trató de absorber aquel caudal de información al tiempo que iba memorizando mentalmente el plano del hospital.

–Este es nuestro departamento para pacientes externos –dijo Jill, mostrándole una sala alegremente decorada–. Cuando Noah vino, tenía el mismo color verde claro y el linóleo del resto del hospital, pero, tras mirar las estadísticas, decidió que aquí venían más niños que adultos, así que decidió hacerla más acogedora.

–Pues ha funcionado –afirmó Jena, mirando a su alrededor y admirando los pósters que había en las paredes y los móviles que colgaban del techo.

–El señor Finch no quería gastar dinero en lo que creía era una estupidez, así que hubo algunas discusiones al respecto. Al final, Noah hizo el trabajo él mismo, con la ayuda del jardinero y de las enfermeras. Ahora, a los adultos también les encanta.

Jena asintió, pero la imagen de Noah Blacklock pintando y pegando pósters en las paredes resultaba un poco difícil de aceptar. Además, seguía sin comprender del todo la estructura del edificio.

–¿Dónde está el pabellón de los hombres? –preguntó. Jill se echó a reír.

–Por aquí –respondió la enfermera, llevándola a través de un pasillo que volvió a conducirlas al vestíbulo principal–. El primer piso tiene forma de T, por lo que se pasaba de la galería directamente a la sala de pacientes externos. Hemos dejado el pabellón de los hombres a un lado.

Jill la llevó por el resto de las salas que componían aquella planta, las de equipamiento, la farmacia, el almacén de ropa limpia, una enorme cocina y luego hacia la sala de rayos X, el quirófano y la sala de reanimación. Enfrente, estaban las salas en las que se recuperaban los pacientes que habían sufrido una intervención, tanto si habían sido operados allí de dolencias menores como los que habían regresado de la ciudad. Por último, visitaron las Urgencias, vacías en aquellos momentos pero listas para cualquier emergencia.

–¿Le ha enseñado ya Jill todo? ¿Hay algo más que necesite saber? –preguntó de repente Noah Blacklock, muy contento.

¿Por qué estaba de repente tan alegre cuando antes le había dejado bien claro que estaba en contra de todo lo que ella representaba?

–Jill ha sido muy amable. He visitado hasta las cocinas.

–Resulta muy extraño tener una cocina de hospital en pleno funcionamiento cuando se está tan cerca de la gran ciudad –respondió, muy amablemente–. La mayoría de los centros tienen contratos con empresas de catering. Afortunadamente, Kareela tiene fama de preparar buenas comidas en el hospital y de tener empleados muy eficientes. Le señora Meldrum lleva aquí treinta años.

Jill murmuró algo sobre que tenía que volver a su trabajo y se marchó, dejando a Jena sin saber lo que hacer a continuación.

–Estoy segura de que usted también tiene trabajo que hacer –le dijo a Noah. Él miró el reloj y se encogió de hombros.

–Hasta dentro de veinte minutos no. Entonces, empieza la consulta de pacientes externos. ¿Le gustaría tomar un café?

Aunque al principio se había sorprendido mucho por aquel cambio de actitud, en aquel momento Jena lo encontró terriblemente sospechoso. Muy sospechoso.

–De acuerdo.

Noah asintió con la cabeza y le indicó el camino hacia la cocina. «Debe de querer algo», pensó Jena. Aquella era la única explicación posible para aquel cambio, a menos, por supuesto, que fuera un completo esquizofrénico.

Mientras caminaban hacia la cocina, la mente de Noah iba pensando furiosamente en lo que podía hacer para convencer a Jena Carpenter de que ayudara a Carla a planear la contribución del grupo para el desfile de Navidad.

–Ya veo que se lo está tomando con calma, ¿verdad? –dijo la señora Meldrum en cuanto los dos entraron en la cocina–. Y ya va siendo hora. ¿Cómo van las cosas en el lago? ¿Está seguro de que no ha cambiado de opinión y quiere mudarse a la habitación que tengo libre?

–Completamente seguro, señora Meldrum –replicó él–. La cabaña resulta bastante cómoda para una estancia breve.

Se sorprendió al notar que lo decía completamente en serio. Aunque le habían puesto furioso las maquinaciones de Linda le habían obligado a marcharse de la ciudad, los pocos días que habían pasado junto al lago le habían resultado sorprendentemente agradables. Hasta la noche anterior, cuando una llamada de teléfono de su hermana para preguntarle sobre sus planes navideños y para decirle los regalos que querían sus sobrinos le había interrumpido el sueño. Aquello había provocado que se durmiera a la mañana siguiente y que fuera retrasado todo el día.

–Además, en la ciudad hay demasiada excitación para lo que a mí me gusta.

–Ya me he enterado de lo que hicieron esos gamberros. El joven Brett Ward era uno de ellos. Ya le diré yo un par de cosas a su madre –replicó la cocinera. Entonces, se volvió a Jena–. Lo siento –añadió–. No tiene ni idea de qué estamos hablando, ¿verdad? Cosas de una pequeña ciudad, eso es todo.

Jena los miró a ambos y esperó que alguno de los dos se lo explicara, pero la cocinera empezó a ofrecerles una selección de bollitos recién sacados del horno o de galletas que había preparado el día anterior. Luego, les entregó dos tazas y una cafetera. Jena se sirvió una taza de café. Luego, hizo lo propio con el azúcar y la leche.

–Los decoradores y los carpinteros llegarán a las once –dijo, cuando se hizo aparente que el doctor Blacklock no iba a hablar–. Entonces hablaré con ellos para advertirles de que no hagan mucho ruido.

–¿Qué será lo que haga exactamente? –preguntó, como si se hubiera olvidado de quién era ella–. Es decir, sé que tiene que coordinar el equipo de televisión conmigo, pero, cuando no haya nada que coordinar, como en estos instantes, ¿cuál es su trabajo?

–Esta semana, haré un seguimiento suyo y del resto del personal, para aprender su rutina. Cuando el programa empiece a emitirse, parecerá que se ha grabado en una semana, pero en realidad filmaremos durante dos semanas y luego seleccionaremos lo más interesante.

–Televisión real como la vida misma, ¿verdad? –murmuró él, aunque con menos agresividad que la vez anterior.

Jena sonrió.

–Dudo que haya algo así, pero será más real que

Hospital de Provincias, el programa con el que nos comparará todo el mundo. Bueno, cuando ya me haya hecho idea de cómo es un día normal para usted y sepa cuál es la rutina del hospital, haré un plan de lo que hay que filmar.

–Médico llega al trabajo, médico salva vida, médico trae al mundo a un niño...

–Este programa no es sobre usted –le recordó Jena–. Se trata del hospital, de todos los empleados y de los pacientes.

–¿Y usted está capacitada para decidir lo que hay que filmar?

Jena esperó que el efecto que produjo en ella aquella pregunta no se le hubiera reflejado en el rostro. Después de todo, Noah Blacklock no era la primera persona que dudaba que ella tuviera cerebro. Sin embargo, aquella vez le molestó más de lo que era habitual...

–Llevo trabajado en la producción de programas de televisión dieciocho meses, así que tengo una idea muy bien definida de lo que interesa al público y de lo que no –replicó–. Empecé como chica para todo, ayudando donde era necesario y luego me convertí en ayudante de producción. Eso es prácticamente lo mismo, solo que mi preocupación principal será controlar al equipo cuando empiece la grabación para que el personal del hospital y los pacientes no sufran inconveniente alguno.

–Lo que no debería ser demasiado difícil cuando les haya explicado lo que quiere que hagan, ¿no?

Aquella pregunta flotó en el aire, llena de connotaciones que Jena no podía entender. A menos que...

Los recuerdos de cuando había estado a punto de perder su trabajo le volvieron de nuevo a la cabeza. Recordó la voz del productor diciendo que sabía que

Jena era mucho más que una cara bonita, pero que la percepción que podrían tener otras personas podría ser muy diferente. El público podría verla como una hermosa rubia, pero no pensar que podría ser también una mujer inteligente. El programa podría perder veracidad.

—¿Me está diciendo que hasta una rubia podría hacerlo? —replicó, furiosa. Entonces, se puso de pie—. ¡Menuda forma más típica de pensar!

—¡En absoluto!

Noah también se había puesto de pie.

—No era nada de eso —añadió, rápidamente—. Solo estaba pensando que podría tener tiempo libre. Nada más.

—¡No para pasarlo con usted! ¡Ni aunque mi vida dependiera de ello! —le espetó Jena.

Entonces, salió de la cocina y subió las escaleras. Cuando estaba arriba, se dio cuenta de que tendría que volver a bajar para ir a recibir al equipo. Si empezaban a meter ruido, a hablar en voz demasiado alta, sería muy difícil convencer a Noah Blacklock de que sabía hacer muy bien su trabajo.

Además, no había investigado por sí misma el edificio para ver cómo de factible podría ser para el equipo entrar y salir.

Se asomó por la barandilla para asegurarse de que todo estaba despejado. Vio a una enfermera, pero no había ni rastro del enojoso médico.

—Oh, aquí está. Me gustaría hablar con usted —le dijo Linda Carthew, apareciendo de repente a su lado.

—¿Sí, señorita Carthew?

—Llámame Linda. Quiero hablar contigo sobre tu trabajo. Se supone que tienes que ser la coordinadora entre el hospital y el equipo de televisión, pero el hospital incluye al consejo y al gerente.

–En realidad, se me nombró coordinadora entre el personal médico que depende del doctor Blacklock y la cadena de televisión, aunque, por supuesto, podríamos incluir al consejo de dirección y las deliberaciones que tienen lugar entre sus miembros.

–¡El doctor Blacklock es un empleado del consejo!

–¿De verdad? –murmuró Jena, decidida a mantenerse tranquila–. Según tenía entendido, era un empleado del Departamento de Sanidad estatal, y por eso las negociaciones para la utilización del Hospital Kareela se llevaron a cabo entre ellos y el ministro. Por supuesto, por consideración a los habitantes de esta ciudad, se consultó también al consejo y a los empleados de más rango.

Linda abrió la boca y volvió a cerrarla. Aparentemente el poder del gobierno todavía era férreo y la mención del ministro ayudó a silenciarla.

En ese momento, Jena vio a un grupo de hombres y mujeres que se dirigían hacia la puerta principal.

–Perdóname –le dijo a Linda.

Entonces, cruzó rápidamente el vestíbulo y salió por la puerta para interceptar al grupo antes de que pudieran entrar.

Las exclamaciones habituales de alegría y familiaridad la saludaron. Para cuando logró desembarazarse de la última persona que quería abrazarla, ya estaban todos al pie de las escaleras. Y Noah Blacklock estaba en lo alto.

Capítulo 3

NOAH frunció el ceño y miró con desaprobación al equipo de grabación. Jena también lo frunció a su vez y sacudió la cabeza, como si quisiera decir que se estaba ocupando de ellos

–De acuerdo, chicos –la oyó decir, mientras extendía los brazos para evitar que empezaran a subir la escalera–. Ese señor que está tan contento es el responsable médico de este hospital y no quiere que andemos entrando y saliendo por la entrada principal, haciendo ruido que pudiera molestar a sus pacientes.

–¿Qué dices? –preguntó uno de los del equipo–. ¡Vaya, chica! Sabía que serías la perfecta coordinadora... tienes tanto tacto y diplomacia...

–Puedo ser muy diplomática cuando quiero, pero no siempre funciona –replicó Jena–. ¡Como ahora! ¿Os importaría dar la vuelta al edificio y entrar por la puerta trasera?

Noah se dio cuenta de que estaban tomando un camino por el que tardarían mucho en llegar a la entrada trasera, por lo que decidió intervenir.

–Si tenéis equipo, es mejor que volváis a vuestros vehículos y salgáis del aparcamiento. Entonces, debéis girar en la primera a la izquierda y entrar por el otro acceso. Allí encontraréis muchas plazas para aparcar y, además, la puerta trasera está justo en ese lado.

Jena se volvió para mirarlo. Por su gesto, no sabía si estaba enfadada o sorprendida por su intervención.

–¡Gracias! –exclamó de repente, con una sonrisa que hizo que el día pareciera más soleado. Entonces, indicó al equipo que volvieran a los coches y subió las escaleras–. Lamento haber hablado de ti de ese modo, pero tenías un aspecto tan enojado que... Además, mi equipo ni siquiera había empezado a subir las escaleras.

–La puerta trasera está yendo hacia el otro lado del vestíbulo, luego giras primero a la izquierda del pasillo y luego a la derecha. No te debería resultar muy difícil encontrarlo.

–¿Aunque soy rubia? –le espetó ella, antes de marcharse.

Mientras Jena atravesaba el vestíbulo, no pudo dejar de preguntarse por qué se estaba comportando de un modo tan irracional hacia aquel hombre cuando se suponía que debía ser una influencia que sirviera para limar asperezas, no para crearlas. Tal vez era porque parecía ser tan cambiante como el viento, un minuto colaborando entusiásticamente con el proyecto y al otro tratándola como si la presencia de Jena fuera una maldición para él.

Decidió olvidarse de Noah Blacklock en el momento en que encontró la puerta trasera. Una vez más, interceptó al equipo, tres hombres y tres mujeres. A tres de ellos los conocía de anteriores proyectos.

–De acuerdo, estas son las reglas –les dijo–. Quiero que el ruido sea mínimo dentro del edificio, es decir, en las escaleras, en los pasillos y en el vestíbulo. Dentro de lo posible, el trabajo de carpintería deberá hacerse en el exterior.

–Aquí hay mucho sitio.

–El taller móvil va a venir más tarde y también una grúa, para que la maquinaria pesada pueda ser izada a la parte de arriba a través de las ventanas –dijo Andrew

Watts, el encargado de los decorados–. Ya lo pensé todo cuando vine aquí antes.

–Será probable que haya más ruido solo cuando la gente suba y baje por las escaleras –añadió Kate Jennings, la jefa del equipo–. Como la mayoría de ellos llevan zapatillas de deporte, no serán las pisadas las que harán ruido, pero no se puede evitar que vayan hablando unos con otros.

–Cualquiera que esté lo suficientemente enfermo como para que lo molesten las voces se envía al hospital de la capital –comentó una voz, algo temblorosa.

Cuando Jena se dio la vuelta, se dio cuenta de que era una de las pacientes que había visto en la galería, la señora Nevins. Llevaba sus agujas de hacer punto en la mano, lana en el bolsillo de la bata y lo que había tejido ya bajo el brazo.

–El resto de los que estamos aquí, estamos deseando que haya algo de animación en este lugar. Los hospitales pueden ser lugares muy deprimentes –añadió–. Sé que los empleados hacen todo lo que pueden, pero no es demasiado divertido verse rodeada por gente enferma.

–Gracias –observó Jena, aliviada de oír aquella opinión.

–Además, la ciudad os apoya –afirmó la señora Nevins–, no como en el caso de los drogadictos de Noah, aunque no veo daño alguno en que esos pobrecillos vivan aquí si les ayuda a mantenerse alejados de las drogas.

Aquellas palabras dejaron perpleja a Jena. Aunque le hubiera gustado saber mucho más, sintió que no sería prudente chismorrear sobre la persona que era el responsable de aquel hospital en su primer día de trabajo.

–Hasta luego, señora Nevins –comentó–. Ahora, es mejor que me lleve a mi equipo al piso superior.

La mujer asintió, pero no mostró intención alguna de volver a su cama, sino que esperó hasta que todos empezaron a subir por la escalera.

–Hay un fantasma allí arriba –les informó–. Se dice que el hospital cerró ese piso por la falta de enfermos, pero en realidad fue por el fantasma. Es la esposa del viejo doctor Granger.

Tras decir eso, la señora Nevins se dio la vuelta y se marchó.

«¡Estupendo!», pensó Jena. «Aparte de un médico poco amable, también tenemos un fantasma».

Estaba sonriendo cuando un agudo gritó la sacó de sus pensamientos. Subió los escalones de dos en dos, con la intención de regañar a quien estuviera haciendo tanto ruido. Se apostaba algo a que el equipo vería al fantasma casi a diario.

Sin embargo, no había sido el fantasma lo que había causado aquel grito. Se dio cuenta enseguida, cuando vio a Kate sobre el suelo, agarrándose el hombro penosamente.

–¿Qué diablos ha ocurrido?

–Algo me golpeó en el hombro. Seguro que me lo he roto –respondió la propia Kate, ya que, aparentemente, nadie más había visto el accidente.

Jena miró a su alrededor y vio lo que probablemente había causado el problema, aunque la actitud cautelosa del resto del equipo indicaba que estaban listos para echarle la culpa al fantasma.

–Hay una especie de gancho de hierro en la pared –explicó Jena, mientras se arrodillaba al lado de su compañera–. Debes de haberte golpeado con él.

Estudió el hombro de Kate. Aunque habían pasado muchos años desde que hizo sus prácticas, veía que se apreciaba claramente que se lo había dislocado.

–Bueno, al menos has elegido un buen lugar para

tener un accidente –bromeó–. ¿Quieres que vaya a avisar a alguien para que vengan con una camilla o puedes bajar las escaleras?

–Puedo andar –respondió Kate.

Jena se volvió hacia Andrew.

–¿Podríais Brad y tú ayudar a Kate a bajar las escaleras? No le toquéis el brazo o el hombro. Yo voy a buscar un médico.

Bajó rápidamente las escaleras para ir a buscar a Noah. Lo encontró en el pabellón masculino, sentado al lado de la cama de un niño, jugando al ajedrez.

–Siento molestarlo, doctor Blacklock –dijo, con más formalidad que antes al estar delante de enfermos–, pero uno de los miembros de mi equipo ha tenido un accidente.

El niño apartó la tabla de ajedrez con mucho cuidado y la colocó encima de la mesita que tenía al lado de la cama.

–¡Estupendo, Noah! –exclamó el pequeño–. Vete. Mientras tanto, yo trataré de encontrar una manera de salir de jaque.

El niño sonrió, pero aunque el gesto le iluminó la cara, no pudo ocultar los estragos de una enfermedad crónica.

–¿Qué le pasa? –preguntó Jena, mientras salían del pabellón.

–¿No te parece que deberías estar más preocupada por tu propio paciente? –le espetó Noah–. Supongo que será algo serio porque, si no, no me habrías molestado.

–Claro que no, sobre todo cuando se ve que estás tan sobrecargado de trabajo –replicó ella, con ironía

Ya habían llegado al vestíbulo y estaban frente al equipo, que estaba rodeando a Kate.

–Creo que se ha dislocado el hombro –prosiguió

Jena, con mucha frialdad. Entonces, pidió al resto de su equipo que le hiciera sitio y que volvieran a sus trabajos–. Yo subiré más tarde –prometió, mientras Noah y ella llevaban a Kate a la sala de Urgencias.

–Primero le haremos una radiografía –le explicaba Noah a Kate–, solo para asegurarnos que no hay huesos rotos. Entonces, te pondré anestesia local y lo volveremos a colocar.

Jena se echó a temblar al recordar las maniobras, algunas de ellas muy dolorosas, que se podían realizar para volver a colocar la articulación.

–¿Has leído sobre el método hipocrático? –le preguntó Noah. Seguramente había notado sus temblores.

–¿Utilizas ese método? –replicó Jena, mientras entraban en la sala de rayos X.

–No, lo encuentro un poco violento. Me gusta más el de Kocher.

–¡Un momento! –protestó Kate–. Es mi hombro del que estáis hablando. ¿Qué es eso que estáis diciendo?

–Estamos comentando los diferentes modos de volver a colocarte el hombro –le dijo Jena–. No te preocupes. El doctor Blacklock sabe lo que hace.

–¿Qué va a significar esto desde el punto de vista de mi trabajo? No quiero perder este empleo –se lamentó Kate.

–No tienes que temer nada –le aseguró Noah–. Tendrás que llevarlo en cabestrillo durante tres semanas, lo suficiente para que los tendones puedan curarse. Podrás utilizar los dedos y la mano, pero el cabestrillo impedirá que muevas el hombro.

–¿Y esta noche? ¿Podré irme a casa? Bueno, al motel, quiero decir.

–Haremos primero esa radiografía y veremos en qué estado está –respondió Noah–. En realidad, preferiría que te quedaras esta noche en el hospital, si no te resulta muy inconveniente, por si acaso tenemos complicaciones.

–¿Qué complicaciones? –quiso saber Kate.

–Podría haber una lesión en los nervios de la articulación que podría tener como resultado una pérdida de sensibilidad en el brazo. Además, podría haber daños en las venas o en las arterias, lo que podría suponer una hemorragia interna que podríamos detener si estuvieras en el hospital. También, la radiografía podría mostrarnos una lesión en los huesos menores del hombro, pero es mejor que no adelantemos acontecimiento hasta que tengamos la radiografía.

Una enfermera que Jena no conocía salió de las Urgencias.

–He oído voces y pensé que podríais necesitarme –dijo la mujer–. ¿Se trata de un hombro dislocado? ¿Quieres que tome radiografías frontales y dorsales?

–Sí, claro –respondió Noah, mientras entraban en la pequeña sala y colocaba a Kate en la mesa–. ¿Conoces a Marion, Jena? Es un genio con la máquina de rayos X, sobre todo con esta, que, en mi opinión, debería haberse echado a la basura al menos hace diez años. Sin embargo, Marion puede conseguir unos resultados espectaculares de esa cosa tan anticuada que no creo que nos manden otra máquina en un futuro inmediato.

–Fuera de aquí –les dijo Marion–. Noah, te sacaré los negativos y a tu paciente a través del quirófano.

Jena salió de la sala y estaba a punto de marcharse para ir a ocuparse del resto del equipo cuando él la llamó.

–Según tengo entendido la mayoría del equipo de televisión se aloja en la zona. ¿Hay algún problema si esa chica se queda aquí esta noche?

–No sé –respondió ella, sinceramente. No sabía que era lo que había causado la aparente preocupación de

Kate por pasar la noche en el hospital–. La grabación no empieza hasta la próxima semana, así que el resto del equipo no vendrá hasta el fin de semana. Este primer grupo tiene habitación en un motel de la ciudad.

–¿Puedes averiguar cuál es el problema?

–Sí. Te informaré de ello en cuanto pueda.

Arriba, encontró a los otros trabajando en un silencio casi total, algo tan poco usual que la preocupó.

–Eh, chicos –dijo Jena, para animarlos–. Se trata solo de un hombro dislocado. No es nada grave. Kate no tendrá dolor alguno dentro de media hora y estará como nueva dentro de tres semanas.

–Yo creía que se suponía que debíamos trabajar en silencio –replicó Andrew, mientras tomaba medidas y daba indicaciones a los demás. En silencio–. No es bueno que se produzca un accidente antes de que empiece una grabación –añadió, mientras Jena rezaba para que Dios le diera paciencia. Sabía que la gente del mundo del espectáculo era de las más supersticiosas.

–Kate se golpeó con una barra de metal y se ha hecho daño en el hombro –replicó, en voz alta, esperando así alegrar el ambiente que reinaba entre los miembros de su equipo–. No se trata de fantasmas, ni de presagios de mala suerte. Solo es un accidente, puro y simple. Ahora, Andrew, ¿hay alguna cosa que necesite del permiso de las autoridades hospitalarias? ¿Y has comprobado cómo funcionará la grúa cuando la coloques? Si necesitas erigir alguna estructura externa, tengo que comunicárselo.

–John está a cargo de la grúa –contestó Andrew. Entonces, llamó al otro técnico–. John, lleva a Jena al piso de abajo y muéstrale lo que hemos planeado.

John, con el que ella no había trabajado antes, parecía muy joven. Sin embargo, cuando pasó del mundo de la moda al de la televisión, se había dado cuenta de que así solía ser la mayoría de las veces. Incluso la propia Kate, a pesar de su puesto, tenía poco más de veinte años.

–¿Qué significa eso del hombro dislocado? –preguntó John. Jena, pensado que se refería a una pregunta fisiológica, se lo explicó–. No, me refería a lo que va a significar para ella. ¿Va a tenerse que quedar en el hospital? Y, si es así, ¿por cuánto tiempo? Has mencionado algo sobre tres semanas. ¿Crees que le dolerá todo ese tiempo?

Parecía tan preocupado que Jena trató de darle ánimos explicándole que el dolor era solo muy fuerte cuando ocurría y que, aunque podría estar incómoda algún tiempo, no había nada que no pudiera solucionarse con un analgésico suave.

Aquello le recordó la pregunta de Noah y la aparente preocupación de Kate por quedarse en el hospital.

–¿La conoces bien?

Estaban ya en el vestíbulo, pero, a pesar de la poca luz, Jena se dio cuenta perfectamente del rubor que cubría las mejillas del joven.

Al cabo de treinta minutos, entre discusiones técnicas sobre dónde tendría que colocarse la grúa y cómo se estabilizaría, Jena se dio cuenta de por qué Kate había preguntado con tanta insistencia si podría marcharse al motel aquella noche.

–Ella y un joven carpintero llamado John están saliendo juntos –explicó Jena, mucho más tarde, cuando volvió a ver a Noah–. Me atrevería a decir que, para lo que es la gente joven hoy en día, han sido de lo más discretos.

–¿Gente joven? ¿Acaso te sientes tan mayor que es eso lo que te parecen?

–Tengo veintisiete años. No soy mucho mayor que

ellos en cuestión de años, pero me siento mucho mayor en experiencia.

Al darse cuenta del doble sentido que podría tener la frase, se sonrojó y se apresuró a seguir con la explicación, con la esperanza de que Noah no lo hubiera notado.

–Además, parece que han estado hablando sobre llevar su relación más allá, a un nivel más íntimo... –añadió, dándose cuenta de que se había equivocado completamente al tratar de cambiar de tema–. Bueno, lo que pasó fue que, cuando los seleccionaron a los dos para venir a trabajar aquí, lo tomaron como una señal de que lo suyo tenía que ser... Decidieron hacerlo como una luna de miel a prueba, aunque me parece que él está mucho más preocupado por las molestias que Kate pueda tener que por no poder tener relaciones sexuales...

–¿Y te ha contado todo eso? –preguntó Noah, incrédulo.

–Conseguí sacárselo.

Noah la miró. No pudo evitar pensar que, seguramente, una mujer tan hermosa como ella habría tenido una buena cantidad de amantes. Aquella idea le molestaba mucho más de lo que debía y era consciente de ello. El pasado de Jena, ni el futuro, a excepción de aquellas tres semanas, no era asunto suyo.

–¿Vamos a dejar a Kate en el hospital? –quiso saber Rhoda, acercándoseles en aquel momento.

–Solo por esta noche –respondió Noah–, pero se lo diré yo mismo. ¿Quieres venir conmigo? –añadió, refiriéndose a Jena.

–Claro.

Los tres entraron en la sala de recuperación y se acercaron a la paciente. Noah notó que la cabeza de Jena casi estaba a la altura de la suya. Era una mujer alta y hermosa.

—Solo una noche, ¿de acuerdo, Kate? Solo para tenerme a mí contento.

—Es mejor que quien esté compartiendo habitación contigo en el motel tenga que traerte corriendo al hospital en medio de la noche si te ocurre algo —afirmó Jena.

En silencio, Noah valoró mucho su tacto y el modo que había tenido de decírselo. Al mirar la cara de Kate, se dio cuenta de que no le gustaba nada aquella perspectiva. Sentía una profunda simpatía por los dos enamorados. Siempre había mucha incertidumbre en los inicios de una relación y era aún peor cuando uno era joven. ¿O no?

No siempre. Pensó en su propia estupidez cuando llegó a Kareela por primera vez y empezó a ver con demasiada frecuencia a Linda Carthew sin darse cuando de que ella quería mucho más que una amistad. En aquel caso, no podía culpar a la juventud por aquel error. Ni de las consecuencias que estaba teniendo en su vida en aquellos momentos.

—¿Estás seguro de que será solo una noche? —preguntó Kate.

—A menos que haya algún contratiempo, lo que es algo muy poco probable —le prometió Noah—. Ahora, quédate aquí y voy por un enfermero. Sé que puedes andar, pero las reglas del hospital establecen que debes ir en camilla. Cuando te lleven a tu cama, Rhoda se ocupará de ti.

—Yo iré por el enfermero —se ofreció Rhoda, saliendo enseguida de la sala.

—Kate, ¿quieres que te traiga algo del motel, como tus cosas de aseo o tu camisón? —le preguntó Jena.

—No, ya lo hará John. Ya sabes, John Jansen. Está con el equipo —respondió la joven, mirándola de un modo que le contaba más de lo que decían las palabras—. ¿Puede venir a verme ahora?

—Claro que sí. Le diré que te van a trasladar al pabellón.

—La pondremos en la galería —comentó Rhoda, que entró en aquel momento con el enfermero—. La instalaremos al lado de la señora Nevins. Ella hará que te diviertas.

Noah observó cómo Jena salía de la sala y, sintiendo que ni Rhoda ni Kate lo necesitaban, salió tras ella. La joven estaba subiendo las escaleras, pero no se le ocurrió nada que poder decirle para impedir que se marchara. Solo pudo fijarse en las piernas que subían los escalones de dos en dos.

«No hay mujeres para mí, y mucho menos una rubia», se recordó. Entonces, se dio la vuelta y se encontró con la rubia que más problemas le había dado últimamente.

—Creía que no querías mantener una relación con nadie —dijo Linda, con la voz llena de ironía. De hecho, si recuerdo tus palabras correctamente...

—¿Me estabas buscando para algo? —la interrumpió Noah, para evitar que ella repitiera en el vestíbulo por qué no había querido establecer una relación con ella.

—Sí —replicó ella, de mala gana—. He oído que anoche hubo jaleo en tu casa. Me han dicho que una de esas chicas resultó herida en una pelea.

—No veo lo que eso tiene que ver contigo. Ya me dejaste muy claro que no querías que la casa de acogida se instalara en la ciudad, pero ahí está, así que, ¿por qué seguir poniéndome las cosas difíciles?

Noah no comentó nada sobre el hecho de que ella había tratado de retrasar todo lo posible su plan de instalar el proyecto en la vieja casa de su abuela. Parecía poco probable que un inspector hubiera acudido a la casa por accidente y que encontrara problemas con la instalación. Aquello había provocado que los jóvenes tuvieran que alojarse en su casa mientras él se marchaba a la del lago.

—Seguro que crees que esos chicos necesitan que se les dé una oportunidad, ¿verdad?

Linda dio un bufido y se marchó, sin duda para ir a añadir combustible al odio que ya ardía en el corazón de Jeff Finch, aunque su animosidad se veía motivada por su ambición en vez de por despecho. Linda se había sentido muy dolida porque Noah la hubiera rechazado.

Él se dirigió a ver a Carla, que se estaba recuperando de una lesión de ligamentos y un fuerte golpe en la cabeza.

La joven, extremadamente delgada, se movía constantemente, lo que indicaba que su sueño distaba mucho de ser pacífico.

—Tiene miedo de que la pelea acabe con las posibilidades de que la ciudad acepte la casa de acogida —dijo Jill, acercándose a Noah mientras él contemplaba a la joven dormida.

—¿Y tú crees que será así?

—Me parece que la gente la apoya más que antes. Incluso a los que antes no la querían ahora no les gusta la idea de que los chicos hayan entrado a armar jaleo. Es igual que al principio, cuando empezaron a llegar los mochileros, todos los habitantes se pusieron de uñas y ahora los aceptan como si fueran parte de su familia.

—Seguramente tenga algo que ver con el dinero que se gastan aquí —le recordó Noah.

—Supongo que tienes razón, pero la gente también reconoce que han traído vida a la ciudad. Es decir, ahora hay bailes y conciertos. No hace mucho había que ir a la capital para tener algo de vida nocturna.

Noah asintió. Sabía la contribución que los mochileros habían hecho a la modernización de la ciudad. Y en aquellos momentos estaban los de la televisión...

Sin embargo, antes de que pudiera preguntarle a Jill qué le parecía que el equipo de televisión estuviera allí, se les acercó un joven.

–¿Eres John? –le preguntó Noah. El joven se sonrojó y asintió–. Kate está en la galería. Creo que no te será muy difícil distinguirla entre las demás pacientes.

–Yo te acompañaré –le sugirió Jill.

Con aquel gesto, Noah supo la respuesta a la pregunta que ni siquiera había salido de sus labios. Jill, como el resto de los habitantes de aquella pequeña ciudad, estaría encantada de que hubiera un equipo de televisión en la ciudad. En aquella ocasión, era él quien desentonaba.

Capítulo 4

POR QUÉ no querías que viniéramos?

Tenía que ser Jena Carpenter la que lo pusiera en aquel aprieto. Iban hacia el lago en el coche de Noah, dado que su viejo coche se había negado a arrancar y se lo habían tenido que llevar al taller.

Noah tenía tantas razones en la cabeza que suspiró, algo que no pasó desapercibido a Jena.

–¿Acaso es tan difícil de contestar?

Se sentía frustrada y temerosa al mismo tiempo por tener que dejar que Noah la llevara a su casa e igualmente al hospital al día siguiente. No quería pasar con él más tiempo de lo que fuera necesario. Nunca había experimentado una atracción física tan instantánea como la que había sentido por él. Aquello resultaba ridículo, sobre todo cuando se paraba a pensar que ni siquiera le apreciaba como persona. Además, estaba segura de que a él no le caía bien.

–Elige una razón y piensa en el resto –prosiguió ella.

–Drogas.

–¡Estupendo! ¡El maravilloso poder de las cosas que se dan por hecho! Piensas en un equipo de televisión y la primera cosa que se te viene a la cabeza son las drogas.

–Igual que a muchas otras personas –protestó él–. Tienes que admitir que las drogas tienen un alto nivel de aceptación entre la gente del cine y la televisión.

–Y, por eso, basándote en lo que parece creer todo el mundo, has dado por sentado que todo el equipo estaría completamente colgado todo el día y, sin duda, incitando a consumir drogas a la inocente juventud de Kareela.

–En absoluto, pero me pregunté si por tener un equipo de televisión en la ciudad, tanto si consumen alucinógenos como si no, no atraería a personajes poco deseables.

–¿Te refieres a los traficantes? No me parece que debieras ser tú el que pensara en eso, sino los padres de los adolescentes de la ciudad.

De repente, una terrible sensación se apoderó de ella. Tal vez era uno de esos padres de adolescentes. Rápidamente, le miró la mano para ver si llevaba anillo. Vio que no, pero sabía que no todos los hombres lo llevaban.

–Dudo que lo hayan pensado –admitió Noah–. La preocupación mayor que despertó la llegada del equipo de televisión fue si comprarían la comida aquí o se lo traerían todo de la capital.

–Con la gente con la que yo te trabajado siempre han comprado sus cosas en el lugar en el que hemos estado. La mayoría de las personas del mundo del cine y de la televisión son muy escrupulosos con lo que comen. Siempre han de ser cosas muy frescas. Esa es una de sus prioridades.

–¿Y acaso tú no piensas lo mismo que las estrellas de la pantalla?

–En absoluto. Trabajé como modelo muchos años y, créeme si te digo que esa vida es mucho más dura que la de actor. Por eso, una discusión sobre si un plátano tiene una mancha negra de más no me hace demasiada gracia.

–¿Y es eso lo que siguen haciendo las estrellas?

–No muchas. La mayoría son personas normales, con un trabajo que parece tener una cierta aura a su alrededor y que, a menudo, atrae publicidad poco deseada.

–¿Y tú crees que no se puede decir lo mismo de las modelos?

–Solo de las top model. Además de ellas, hay miles de mujeres cuyos nombres son prácticamente desconocidos.

Mientras miraba por la ventana, Jena se dio cuenta de que él había conseguido que cambiaran completamente de tema y decidió tratar de hacer lo mismo.

–¿Tienen todos estos arbustos flores en primavera? Si es así, deben ponerse preciosos.

–¿Es que no quieres que hablemos del mundo de la moda?

–No hay mucho más que decir. Solo te puedo asegurar que es muy duro y, generalmente, muy incómodo porque siempre tienes que anticiparte a las estaciones. Hay que ponerse trajes de baño en lo más crudo del invierno. Casi siempre que hay una sesión en una playa se puede garantizar un tiempo de horroroso –explicó, dándose cuenta de que él no dejaría hasta que hubieran hablado del tema–. Empecé cuando estaba en el instituto, para sacarme algún dinerillo. En la universidad me mantuve con trabajos a tiempo parcial. Para cuando terminé de estudiar y hubiera podido empezar a trabajar en un hospital estaba ganando tanto dinero como modelo y tenía tan buenas ofertas que habría sido una estupidez no seguir haciéndolo.

–Pero ahora lo has dejado. ¿Es que eres demasiado mayor?

–Si quieres ofenderme –respondió ella, entre risas–, tendrás que esforzarte un poco más. No era tan vieja que no me ofrecieran contratos más que suficientes.

Simplemente me cansé de ese mundo, de los viajes de las condiciones de trabajo, de la actitud de la gente...

–¿La actitud de la gente?

–¡Del síndrome de la rubia tonta! Y no me digas que no sabes a qué me estoy refiriendo, porque lo vi reflejado en tus ojos esta misma mañana cuando me quitaste el gato de las manos.

–Sé que la gente sigue haciendo bromas al respecto, pero hay mujeres rubias en todas las profesiones, incluso dirigiendo empresas.

–Por supuesto. Después de todo, somos un gran porcentaje de la población mundial, pero en el mundo del cine y de la televisión hay tantas modelos, en su mayoría rubias, que han tratado de abrirse camino y que han fracasado que la gente sigue teniendo ciertas actitudes...

En aquel momento, cuando Jena estaba a punto de hablarle del trabajo que había perdido, llegaron a la casa de Matt.

–¿Qué es lo que haces para conseguir agua? –le preguntó Noah–. Ese depósito está completamente oxidado.

–He traído agua mineral.

–¿Y la electricidad?

–Tengo una bombona de gas, una cocina de gas y una lámpara de gas –comentó ella, mientras salía del vehículo.

–Bueno, pues recuérdale a Matt que sigue estando prohibido que los generadores funcionen después de las nueve de la noche y dile que si me entero que él no la está cumpliendo, vendré yo mismo y se lo inutilizaré.

–Lo que ocurre es que no hay ningún generador replicó Jena, antes de cerrar la puerta–, y que Matt Ryan no está aquí. Ni lo estará.

Estaba a punto de dar un portazo cuando la mano de Noah se lo impidió. Se había sentado rápidamente en el asiento del copiloto y le miraba atentamente la cara.

–Entonces, ¿qué diablos estás haciendo aquí? Esa casa es una ruina. Es imposible que quieras vivir aquí.

–¡Claro que quiero! –exclamó ella, a pesar de que un temblor le recorrió la espalda.

Tal vez Noah no la creyera, pero, durante las siguientes tres semanas, quería vivir en aquella cabaña y demostrarle a Matt que podía hacerlo.

–¿Tienes teléfono móvil? –preguntó Noah. Jena asintió–. ¿Y mi tarjeta? –añadió. Ella volvió a asentir–. Si vas andando por la playa que hay delante de la casa, la mía está a unos cien metros hacia la derecha. Desde aquí no se ve, pero hay un sendero entre las dos propiedades.

No era exactamente una invitación, pero Jena estaba muy agradecida de saber que había alguien cerca. Por eso, le dedicó una sonrisa, le dio las gracias y, aquella vez, consiguió cerrar la puerta.

Noah la observó mientras subía los pocos escalones que quedaban del porche. ¡Qué mujer tan testaruda! ¿Por qué diablos se alojaba allí sola? ¿Tal vez para demostrarle algo a Matt Ryan?

Mientras cubría la corta distancia que le separaba de su casa, recordó las vacaciones que había pasado allí de niño, vacaciones que Matt, el perfecto Matt, le había estropeado siempre.

Al contrario que los Ryan, su familia había tratado de conservar la pequeña cabaña y habían hecho reparaciones para que se conservara. Noah se había encargado del mantenimiento recientemente y había colocado placas solares y baterías de almacenamiento para no tener que utilizar el generador.

¿Cómo iba a dormir tranquilo sabiendo las condiciones en las que estaba Jena apenas a unos cien metros?

Al entrar en su casa, sacó un poco de pollo del congelador y lo puso a descongelar. Cuando se hubiera descongelado, lo haría a la barbacoa. Sería suficiente para dos personas si veía a Jena en la playa.

Invitarla a cenar sería algo propio de buenos vecinos... ¡Nada más!

Se quitó la ropa y se puso un traje de baño. Tras agarrar una toalla, se dirigió a la playa. Nadar en el lago lo ayudaría a librarse de la tensión que había acumulado durante el día. Tal vez Linda le había hecho un favor al obligarle a refugiarse allí.

Sin embargo, no era la única persona que estaba en el lago aquella tarde. Avanzando con gracia en el agua estaba Jena, con un gorro de baño amarillo. Entonces, experimentó una sensación que no recordaba.

–¡Un lago como este debería ser lo suficientemente grande para los dos! –se dijo, en voz baja, antes de zambullirse en el agua.

Sin poder evitarlo, se dirigió directamente hacia ella.

–Hola, vecina.

Ella lo recibió con una mirada cautelosa que hizo que Noah se lamentara de sus impulsos hospitalarios.

–Hola.

–¿Me estoy entrometiendo en tu soledad? ¿Prefieres nadar sola? –preguntó. Aquellas esbeltas piernas moviéndose en el agua parecían impedir que le funcionara el cerebro–. En realidad, he venido a preguntarte si te gustaría cenar en mi casa –añadió, casi sin darse cuenta–. Iba a preparar un poco de pollo en la barbacoa.

–Estoy bien sola, ¿sabes? Tengo comida, cama, luz y muchos libros para leer.

–Lo sé, pero, como somos vecinos... No vi mal alguno en...

–Supongo que tienes razón.

–De acuerdo –dijo Noah, lleno de una inexplicable alegría.

Jena siguió nadando. No podía entender por qué había accedido, aunque hubiera sido de mala gana.

«Solo porque necesito que me vuelva a llevar en coche mañana», pensó, aunque sabía que no era así. En aquellos momentos, lo último que quería era que un hombre atractivo le complicara la vida.

–¿A qué hora? –preguntó ella, volviéndose de repente.

–Aquí no pienso demasiado en la hora. Normalmente empiezo a preparar la cena cuando vuelvo de nadar. Si es una barbacoa, esta se calienta mientras me ducho y luego cocino y como mientras se va poniendo el sol. ¿Por qué no vienes cuando acabes de nadar? No hace frío, pero te puedo prestar una camisa si quieres.

Otra vez sin poder evitarlo, Jena accedió de nuevo. En realidad, fue la idea de la ducha lo que la sedujo. Se había llevado mucha agua... para beber. No se le había ocurrido pensar en el agua para lavarse dado que había creído que habría algo en el depósito que Matt le había mencionado. Aunque el agua del lago estaba muy limpia, bañarse allí no era lo mismo, dado que no pensaba utilizar jabón para contaminarla.

Noah se dio la vuelta mientras ella todavía estaba tratando de encontrar excusas. Observó su fuerte y bronceada espalda, la rapidez con la que su atlético cuerpo se deslizaba a través del agua... Una vez más, sus sensaciones físicas la traicionaron cuando más fuerte debía ser.

Rápidamente, Jena se dirigió hacia la orilla. Si iba corriendo a la cabaña y encontraba algo de ropa que ponerse tras la ducha, ¿quedaría demasiado evidente la razón que le había llevado a aceptar su invitación?

Seguramente.

Tenía la camisola que se había puesto sobre el bañador antes de bajar a bañarse. Si se la volvía a poner, bien abotonada, tras la ducha, parecería un vestido.

Se envolvió en la toalla para que la camisola no se le mojara y empezó a caminar hacia el sendero del que él le había hablado. A pocos metros de allí, vio una toalla. Noah seguía nadando, por lo que decidió sentarse y esperar, mientras contemplaba el lago, que se extendía por el horizonte como una inmensa lámina de cristal. La rosada luz del atardecer empezaba a cubrir el azul del cielo.

—Voy a correr un poco antes de ir a casa. ¿Quieres ir tú primero y utilizar la ducha?

Jena había estado tan absorta en sus pensamientos que no se había dado cuenta de que Noah había salido del agua.

—Hay toallas limpias en el armario de al lado de la ducha —añadió, mientras se secaba la cara y el pecho—. Estoy seguro de que encontrarás todo lo que necesites.

Hipnotizada por unas gotas que se deslizaban por la suave piel de su torso, Jena tardó en responder.

—Gracias.

Noah se marchó antes de que ella pudiera ver cuál de las gotas ganaba en la carrera hacia su cintura. Sintió que se sonrojaba por tener aquellos pensamientos y se dedicó una reprimenda por su falta de control.

¿Acaso no había convencido a Matt de que aquello era algo que ella tenía en abundancia? Lo que tenía que hacer era sobrevivir a aquellas tres semanas en la cabaña de su jefe y se convertiría en la única protagonista femenina de su nueva serie de supervivencia. Demostraría que era una mujer fuerte e inteligente, y la gente la tomaría mucho más en serio.

Se acercó a la pequeña cabaña y, al verla, sonrió. Aunque parecía que tenía la misma estructura que la de Matt, dejaba en evidencia lo que un poco de cuidado y de atención podía hacer.

Entró y descubrió que estaba agradablemente decorada. En la parte de atrás, había una pequeña cocina. Justo enfrente, una puerta daba acceso al cuarto de baño.

¿Es que no habría dormitorios?

Entonces, se fijó en una puerta que, al principio, había creído que llevaba al exterior. Así había sido, pero el espacio se había transformado en una estructura de dos plantas. Se veía que, en la parte superior, había una habitación doble. La de abajo contenía una extraña combinación de literas y de objetos playeros.

Jena sonrió al imaginarse las vacaciones familiares. Entonces, decidió ir al cuarto de baño para estar fuera antes de que Noah regresara.

Y casi lo consiguió. Se retrasó por la camisola. Tras ponérsela y abotonársela, se dio cuenta de que era tan transparente que parecía que estaba desnuda. Tuvo que ponerse debajo el traje de baño.

Él estaba en el porche cuando salió, preparando el fuego de la barbacoa tan atentamente que Jena tuvo oportunidad de admirarlo antes de que se diera cuenta de su presencia. Parecía más un atleta que un médico.

–¿Te gusta el pollo? –preguntó él, de repente.

Entonces se volvió. Al ver su rostro, su cabello húmedo y sus hermosos pómulos, a Jena le resultó imposible responder.

Asintió y miró hacia el horizonte, para admirar la impresionante puesta de sol.

–Qué maravilla, ¿verdad? –susurró, esperando que

él creyera que se estaba concentrando solo en la espectacular vista que ofrecía la naturaleza.

–Sí.

Sin embargo, los ojos de Noah no se volvieron para contemplar la puesta de sol, lo que, junto con la suave profundidad de su voz, hizo que las mejillas de Jena se ruborizaran.

Capítulo 5

UNAS cuantas notas de una obra de Bach hicieron que Jena se volviera a mirar hacia la casa. Se trataba del teléfono móvil de Noah y él, inmediatamente, entró en la cabaña. A los pocos minutos, volvió a salir.

—Me temo que tendremos que cancelar la cena –dijo, mientras salía por la puerta colocándose al mismo tiempo unos pantalones cortos–, aunque puedes prepararte algo de pollo si quieres.

—¿Es que ocurre algo? –preguntó Jena, mientras Noah se colocaba una camisa y unas zapatillas de lona.

—Ni que lo digas –respondió, mientras se iba directamente al coche–. ¿Puedes volver tú sola a la cabaña de Matt? Es mejor que lo hagas por la playa. Es más seguro –añadió, antes de detenerse–. Te sugeriría que esperaras, pero podría ser toda la noche. Un borracho está reteniendo a su esposa e hijas en una tienda de campaña en el camping que hay un poco más arriba. ¡No! ¡Dios! ¿En qué estaba yo pensando? ¡Sube al coche!

—¿Que suba al coche?

—Bueno, creo que no debes quedarte aquí ni en la cabaña de Matt con un loco por ahí suelto con un arma. Tendrás que venir conmigo.

Jena sabía que no había alternativa. Además, ella tampoco quería volver a la cabaña de Matt en la oscuridad en aquellas circunstancias.

–Bueno. Si hay niños de por medio, tal vez te venga bien la ayuda extra.

Noah no respondió. Se limitó a decirle que se agarrara fuerte dado que iban a ir por la playa. Mientras arrancaba el motor, se preguntó si no habría un poco de gratitud mezclado con lo que sentía en aquellos momentos por Jena Carpenter. Si había niños, efectivamente Jena tal vez resultara de mucha ayuda.

El sol se había puesto completamente y la luna todavía no había salido, por lo que iban conduciendo con la única luz de los faros.

–¿Sabes algo sobre él?

–No. El camping está dentro del parque nacional, así que nadie vive allí permanentemente. Muchos de los mochileros que vienen aquí para ganar un poco de dinero para sus viajes montan sus tiendas allí. Lo prefieren a los albergues que hay en la ciudad.

–Entonces, ¿no es probable que esa familia esté sola en el parque?

–No, aunque me imagino que la policía despejará la zona en cuanto lleguen.

–¿En cuanto lleguen? ¿Es que no están ya allí?

–Mac Talbot, el guardia del parque, los llamó antes de llamarme a mí. Yo diría que, incluso habiendo tenido que vestirme, les llevo una ventaja de diez o quince minutos.

De repente, el sonido de los disparos quebró la tranquilidad de la noche. Noah empezó a conducir más rápidamente.

Cuando llegaron al lugar del suceso, las luces de un todoterreno lo iluminaban de un modo que le daba un aspecto surrealista. Una enorme tienda familiar, azul y naranja, aparecía rodeada de otras más pequeñas, que se perdían entre los árboles.

Entonces, desde el interior de la tienda, se empezaron a escuchar los sollozos de una mujer. Noah detuvo el coche al lado del todoterreno.

–¿Qué está ocurriendo? –le preguntó al conductor.

–No lo sé. La familia lleva aquí tres días. Se pensaban quedar hasta las navidades. La señora McDonald bajó hoy a la ciudad y dejó a su marido con las niñas. Regresó hace media hora, entró a la tienda y, poco después, estaban llorando y gritando –respondió el hombre–. Me acerqué y los llamé desde fuera, dado que no quise entrar en la tienda. Entonces, él salió con un arma y me dijo que me marchara. Luego, volvió a entrar.

–¿Y los disparos?

Jena vio que el hombre se encogía de hombros.

–Estaba oscureciendo, así que, después de llamarte a ti y a la policía, pensé que era mejor acercar un poco más el coche para poder iluminarlos. Aquello no pareció molestar a ese hombre, pero entonces, llegó otro vehículo y los faros parecieron desconcertarlo y fue cuando sonaron los disparos.

–Podría haber alguien herido –dijo Noah–. Tendré que acercarme y preguntar.

–Tal vez deberías esperar a que llegara la policía –sugirió el guardia.

–Para entonces podría ser demasiado tarde –replicó Noah–. No te preocupes. No correré riesgos innecesarios.

Abrió la puerta del coche. Entonces, Jena le tocó la mano y susurró:

–Ten cuidado.

–Lo tendré. No soy ningún héroe.

Entonces, desapareció entre las sombras. Jena se dio cuenta de que debía haber apagado las luces. El guardia forestal había hecho lo mismo.

Mientras los ojos se le ajustaban a la negra oscuridad, vio que Noah estaba acercándose a la tienda desde uno de los laterales. Cuando estaba muy cerca, dijo:

–¿Está todo el mundo bien ahí dentro? Soy médico, así que, por favor, diganmelo si necesitan ayuda.

Un gritó respondió sus palabras. Resultó tan lúgubre que Jena no pudo evitar echarse a temblar. En la distancia, se empezaron a ver luces y a oírse sirenas que parecían anunciar la llegada de más vehículos.

Noah se iba acercando más y más a la puerta de la tienda

–Va a entrar –musitó Jena, horrorizada, aunque comprendía plenamente sus motivos.

Justo cuando se veía que se disponía a entrar, llegaron los otros coches y los faros iluminaron de nuevo la escena, convirtiendo a Noah en un blanco perfecto.

Jena ahogó un grito. Sin embargo, el guardia forestal debió indicar de algún modo que se apagaran las luces porque todo volvió a quedar de nuevo en la más absoluta oscuridad. Entonces, volvió a oír su voz. Sin embargo, aquella vez venía del interior de la tienda.

–Tranquilas –decía, suavemente–. Todo va a salir bien. ¿Estáis bien? ¿Tenéis una lámpara o una linterna? Mc gustaría ver que las niñas están bien.

Jena se bajó del coche y, se acercó poco a poco a la tienda. En aquel momento escuchó la voz de la mujer.

–Él no nos habría hecho daño, ni a mí ni a las niñas. Nos ama. Estaba enojado, eso es todo. No nos lo había dicho y estaba obsesionándolo. Hoy se tomó unas cuantas cervezas mientras yo estaba en la ciudad y explotó.

Noah estaba arrodillado en el suelo. Tenía un brazo alrededor de la mujer, mientras dos niñas, completamente atónitas, apoyaban la cabeza en el regazo de la madre.

–Se ha marchado –le dijo Noah a Jena, al notar la

presencia de esta–. Supongo que se lo deberíamos decir a la policía.

La llegada de un policía les quitó la decisión de las manos. Cuando las dos niñas empezaron a llorar al verlo, Noah le hizo un gesto a Jena para que ocupara su lugar. Entonces, sacó al policía de la tienda.

Mientras tranquilizaba a la mujer, Jena se enteró de toda la historia. El hombre había trabajado en la misma fábrica durante quince años y entonces, dos días antes de tomarse sus vacaciones de Navidad, le dijeron que estaba despedido.

–Ni siquiera sabía que tenía un arma –dijo Rose, la mujer. Jena miró a su alrededor y descubrió un agujero en la lona, que indicaba que era por allí por donde se había escapado–. Lo hizo con un cuchillo.

Jena se echó a temblar al pensar en el hombre que, desesperado, iba armado con un cuchillo. Noah volvió a entrar en aquel momento.

–La policía necesita hablar contigo –susurró, agachándose de nuevo delante de Rose–, pero he sugerido que lo hagan en mi casa. Está a poca distancia de aquí y tengo sitio para todas. Dejaremos una nota para tu marido, en caso de que regrese. Así él sabrá dónde estáis. Aquí os comerían los mosquitos –añadió, señalando el agujero–. Jena se quedará también.

Ella estuvo a punto de protestar, pero entendió que lo había dicho para dar más seguridad a la mujer. Además, prefería no pasar la noche sola en la cabaña de Matt hasta que encontraran a aquel hombre.

–¿Quieres que escriba yo la nota? –preguntó Noah, mientras se dirigía a una mesa y tomaba un cuaderno y un lápiz de las niñas.

–No, lo haré yo misma –afirmó Rose, mientras agarraba el cuaderno. Las niñas se aferraron a su madre

Jena suponía que no tenían más de dos o tres años y

se preguntó si recordarían aquel incidente durante toda su vida.

–Lo único que podemos hacer es ofrecer comodidad y seguridad –dijo Noah, en voz muy baja, mientras la mujer escribía–. Dile que es la casa del médico –añadió, digiriéndose a la mujer–. Que dejaremos la luz encendida para que pueda encontrar la casa fácilmente.

–Tendré que dejar aquí una luz encendida para que pueda encontrar la nota –respondió Rose.

Noah asintió y colocó una potente linterna al lado del papel.

Mientras tanto, Jena recogió un poco de ropa para las niñas y encontró un camisón de algodón que parecía ser de Rose. Lo envolvió todo en una toalla y lo metió en una pequeña mochila que encontró. Luego, añadió una bolsa de aseo que contenía jabón y cuatro cepillos de dientes.

–¿Necesitáis algo más? –le preguntó a Rose, mientras le mostraba el contenido de la pequeña mochila.

La mujer le entregó a sus dos hijas y desapareció en una pequeña habitación. Entonces, regresó con una bolsa de pañales desechables.

–Vamos –dijo Noah.

Jena tomó en brazos a la mayor de las niñas mientras Rose hacía lo mismo con la más pequeña. Todas siguieron a Noah hasta el todoterreno.

–Estás provocando que os ataque –le advirtió uno de los policías a Noah, cuando toda la familia estuvo instalada en el interior del vehículo.

–Dudo que sea peligroso. Ha estado conteniendo su ira por el despido y hoy algo le hizo saltar. Su esposa cree que podría haber sido una carta que recogió en la oficina de correos. Tal vez esté todavía en la tienda.

El policía asintió, pero decidió esperar hasta que

Noah hubo sacado el vehículo de allí para entrar en la tienda. Jena vio cómo desaparecía en el interior cuando ellos estuvieron a cierta distancia.

–Vamos a tomar pollo a la barbacoa para cenar –comentó Noah–. ¿Os gusta el pollo?

Ninguna de las pasajeras respondió.

Jena se volvió para sonreír a Rose, pero la mujer no hacía más que escrutar la oscuridad. Seguramente ni siquiera había escuchado la pregunta. No hacía otra cosa que pensar en su marido.

Cuando llegaron a casa de Noah, Jena salió del coche y abrió la puerta trasera para sacar a una de las niñas.

–¡Espera un momento! –le susurró Noah–. No creo que haya venido a esconderse aquí, pero es mejor que vaya a comprobarlo.

–¿Cómo? –musitó Jena–. ¿Entrando en la casa y esperando que te hiera con su arma?

Noah le tocó el brazo, con intención de tranquilizarla. Sin embargo, lo único que consiguió fue ponerla más nerviosa.

–Encenderé las luces –le dijo–. Tengo un interruptor central que enciende todas las luces de la casa y las del exterior. Está en la caseta. Así, cuando vengo tarde, no tengo que andar a tientas en la oscuridad.

Se apartó de ella y, en segundos, una suave luz iluminó la hierba. En el interior de la casa no se escuchó ningún ruido, hasta que Noah las llamó desde el porche.

–Entrad. El fuego se ha apagado, pero cocinaré dentro.

Jena tomó en brazos a una de las niñas y agarró la mochila que había empaquetado. Las cuatro entraron en la casa. Como estaba algo preocupada por el silencio de las pequeñas, Jena les preguntó su nombre.

–La que tú llevas en brazos se llama Ruby y esta es Lily –dijo la mujer. Cuando Jena saludó a Ruby y le dio un beso en la cabecita, Rose se echó a reír.

Sin embargo, aquel sonido no contenía alegría alguna y resultaba tan incongruente que Jena se quedó atónita. Entonces, vio las lágrimas que corrían por las mejillas de Rose.

–Es sorda. Las dos lo son –susurró la mujer, entre sollozos–. Necesitan tantas cosas y, además, dinero para el implante... por eso Greg se disgustó tanto.

Jena estrechó a la niña entre sus brazos y la besó suavemente, tratando de tranquilizarla del único modo que sabía, y miró a su alrededor. El salón estaba vacío. De repente, su voz sonó desde la puerta.

–Mira lo que he encontrado.

Tenía una cesta de mimbre en las manos.

–¡Son juguetes! –añadió–. Mis padres los tienen aquí para los nietos y para otros pequeños visitantes. ¡Tomad!

Dejó la cesta en el suelo y abrió la tapa. La cesta ocultaba una amplia variedad de juguetes de todos los colores y formas, unos encima de otros.

–Si tú vigilas a las niñas, yo ayudaré a Rose a preparar la cena.

Rose dejó a Lily al otro lado de la cesta. Jena entregó un payaso de tela a Ruby y se puso a encontrar otros juguetes para la más pequeña.

La policía llegó en cuanto terminaron de cenar. Jena se ofreció para bañar a las niñas mientras Rose hablaba con ellos. La mujer pareció dudar durante unos instantes y luego les dijo algo por signos a las niñas. Las dos pequeñas miraron a Jena y sonrieron. Ella extendió las manos y las dos hermanas se le agarraron inmediatamente. Parecían estar menos preocupadas y nerviosas por el drama que habían vivido.

Cuando hubo lavado y enjuagado a las dos niñas, las envolvió a cada una de ellas en una toalla y las empezó a sacar. Se preguntó si la entrevista habría terminado.

—Tengo sus pañales y su ropa preparados —dijo Rose, desde la puerta.

Las dos pequeñas se deshicieron enseguida de las toallas y se tiraron en brazos de su madre. Como sabía que su rutina de cada noche las ayudaría a retomar la tranquilidad, Jena dejó que se fueran con su madre y decidió quedarse allí para recoger el baño.

Encontró una fregona tras la puerta y secó el suelo lo mejor que pudo. Sin embargo, había poco que pudiera hacer por sí misma. Tenía la camisa empapada y la tela se le pegaba al cuerpo, dejando que se le transparentara el borde y el color de su traje de baño que, por suerte, todavía llevaba debajo.

A pesar de la ropa, la fina tela no lograba esconderle los pezones, que se erguían por la humedad, ni la forma de su cuerpo.

—¡Maldita sea! —musitó, al ver su reflejo en el espejo.

—No te preocupes. Los policías ya se han marchado. No te verá nadie.

La voz de Noah hizo que se diera la vuelta. La mirada que vio en sus ojos hizo que la palabra nadie pareciera una burla.

También le hizo echarse a temblar.

Capítulo 6

JENA siguió a Noah al salón. Allí, vio que los dos sofás se habían convertido en camas y que había un colchón plegable en el suelo.

—Pensé que podría resultar más tranquilizador para Rose que todos durmiéramos en la misma habitación –explicó Noah–. A ella le parece bien compartir uno de los sofás cama con las niñas. Tú puedes dormir en el otro y yo me acostaré en el colchón. Estoy acostumbrado.

Jena no protestó. Sabía que no iba a conseguir nada y, además, parecía más cómoda que la vieja cama que había en la cabaña de Matt.

Rose regresó y metió a las niñas en una cama. Luego volvió al cuarto de baño para darse una ducha.

—¿Está bien? –le preguntó Jena a Noah, cuando la mujer no pudo oírles.

—Está muy preocupada por su marido y furiosa porque él no le hubiera hablado antes de haber perdido su trabajo. Me imagino que les ha costado mucho hacerse a la idea de que sus dos hijas son sordas y encima esto...

—¿Te ha contado algo sobre el futuro de las niñas? Antes, me mencionó unos implantes...

Noah no respondió. En vez de eso, apagó la luz, tomó a Jena del brazo y la sacó al porche.

—He encendido una vela para repeler a los mosquitos y poder estar tranquilos.

—¿Mc puedes decir algo de esos implantes? –insistió ella.

—Aparentemente, a la mayor de las niñas se lo van a poner este año. Como establece una especie de desvío sobre la zona dañada, la pequeña podrá oír el ruido de un alfiler al caer sobre el suelo.

—Entonces, ¿su capacidad auditiva será normal?

—Para estos niños eso es solo el principio. Me imagino que es eso lo que preocupa a la familia. El coste de la operación en sí misma lo sufraga el estado, pero me da la sensación de que hay mucho más que el implante.

—Ni siquiera te lo puedes imaginar —dijo Rose, saliendo en aquel momento por la puerta y se sentó en la tumbona que había vacía.—. Imaginaos el efecto que oír sonidos provoca al principio en un niño. Las dos necesitarán programas especiales para que las enseñen a escuchar, a comprender lo que están escuchando y a desarrollar sonidos.

—¿Llevas hablándoles por medio de signos desde que descubriste que eran sordas? —preguntó Jena.

—Por supuesto. Llevamos hablándoles con signos desde que nos enteramos de su problema. Con Ruby no lo supimos hasta que no tuvo nueve meses. Entonces, empezamos con las pruebas y como nos dijeron que su sordera era congénita, hicimos que a Lily le realizaran las pruebas mucho antes.

—Cuando les hayan puesto los implantes, necesitaréis un programa que integre señales y sonidos, ¿verdad? —afirmó Noah.

—Sí, y pasar mucho tiempo con ellas. Al menos ahora que Greg está en casa, eso resultará más fácil.

—Pero tendrá que buscar otro trabajo —dijo Jena—. Alguien que ha trabajado en la misma empresa durante quince años debe tener buenas referencias. Lo contratarán enseguida.

—¿De dónde sois? —le preguntó Noah.

—Somos de Brisbane, aunque a menudo hemos hablado de irnos a vivir al campo. Pensábamos que sería mejor para las niñas. Por supuesto, ahora no podremos mudarnos durante un tiempo. Estarán hospitalizadas y todos los servicios que necesitarán estarán en la capital.

En aquel momento, se produjo un susurro en los arbustos. Todos se tensaron, pero se echaron a reír al ver que se trataba solo de una zarigüeya, que había saltado de una de las ramas.

–¡Maldito animal! ¡Qué susto nos has dado! –exclamó Noah–. Está bien, iré a buscarte un trozo de fruta.

Cuando Noah se marchó por la comida para el pequeño animal, Rose se puso a estudiarlo.

–Los hemos visto en el parque –dijo la mujer–. El guardia forestal nos llevó una noche para que viéramos los animales nocturnos.

La voz se le quebró ligeramente al final de la frase, por lo que Jena se levantó y se arrodilló al lado de la pobre mujer y la rodeó con sus brazos.

–Estoy segura de que tu marido se encuentra bien –murmuró–. Necesitaba desahogarse y, ahora que lo ha conseguido, probablemente cree que se ha comportado como un necio.

–Precisamente es eso lo que me preocupa. ¿Y si se siente tan estúpido que no quiere salir de su escondrijo? Seguro que ha visto que llegaba la policía y debe de tener miedo de lo que podrían acusarlo.

–No creo que lo acusen de nada –le aseguró Noah, que regresaba en aquel momento con unos trozos de manzana para la zarigüeya. Jena notó que hablaba en voz muy alta, tal vez porque creía que Greg podría estar escuchando–. Después de que tú les explicaras las circunstancias, la policía se dio cuenta de que era un incidente aislado que no requiere investigación ni castigo alguno. De hecho, ni siquiera están tratando de encontrarle. Al menos, esta noche.

Jena se preguntó si estaría diciendo la verdad. Poco a poco, la conversación se fue haciendo más general y empezaron a hablar del lago, del parque nacional y de los visitantes que recibía.

–Hay tantas personas de otros países acampados cerca de nosotros –comentó Rosa–. Nos sorprendió y nos alegró mucho ver que los jóvenes están viendo un lado muy diferente de Australia. Pensamos que todos venían a visitar el parque nacional hasta que nos dimos cuenta de que estaban contratados para la recolección de las berenjenas y las guindillas.

–En realidad, vienen a recoger toda clase de verduras –le informó Noah–. Acoger a esos recolectores itinerantes se ha convertido en una fuerte industria. Es una de las razones...

Se detuvo de repente, lo que hizo que Jena se preguntara si habría escuchado algo. Entonces, la zarigüeya, satisfecha de su pequeño aperitivo, se marchó. A su vez, Rose decidió ir a ver cómo estaban las niñas y tal vez irse ella también a la cama.

–Creo que todos deberíamos dormir algo –sugirió Noah, como si no hubiera dejado una frase a medio terminar, y entró en la cabaña.

Jena hizo lo mismo, a pesar de que no dejaba de preguntarse por la frase que había dejado a medio acabar. Decidió que le interrogaría al día siguiente. Así tendrían algo de qué hablar mientras iban a trabajar.

Noah dejó que ellas utilizaran el cuarto de baño. Entonces, se dio cuenta de que Jena no tenía nada que ponerse para dormir, por lo que fue a su habitación y buscó entre sus cosas hasta que encontró una enorme camiseta. Luego, encontró unos pantalones cortos que resultaran cómodos y respetables para él. No era una noche para dormir desnudo.

Para cuando regresó, Rose ya estaba en la cama y

Jena estaba de pie, sin saber lo que hacer, en medio del salón.

–He tomado un poco de tu pasta de dientes y he utilizado el dedo como cepillo, pero no me apetece dormir... –susurró. Cuando él le mostró la camiseta, sonrió agradecida–. ¡Gracias! Esta camisola no es muy decente sin bañador debajo y no resultaría muy cómodo dormir con él.

Noah decidió salir del salón para darle un poco de intimidad, a pesar de que su testosterona le pedía que no lo hiciera. Aprovechó para cambiarse de ropa y lavarse los dientes.

Cuando regresó, las dos mujeres estaban en la cama, aunque no creía que Rose durmiera mucho aquella noche. Seguramente no dejaría de pensar ni un minuto en su marido. ¿Y Jena Carpenter? ¿Cómo se sentiría ella? Noah decidió dejar de pensar en ello.

Recordó los jóvenes que se guarecían en su casa. Sin poder evitarlo, se preguntó si Lucy habría tenido razón cuando le dijo que era un imbécil por renunciar a un buen trabajo en la ciudad por aquellos «melenudos», como había llamado a sus jóvenes amigos y que estuviera acogiendo a más personas sin hogar, como aquella pequeña familia.

Pensar en Lucy y en su negativa a acompañarle a Kareela había resultado deprimente. Había estado tan seguro de que la conocía bien y luego se había dado cuenta de que no era así, especialmente cuando ella había sugerido que tuvieran una relación más abierta y había admitido que había tenido alguna aventura mientras estuvieron juntos.

Se puso a pensar si había alguien en la ciudad que le diera un trabajo a Greg. Había trabajado en el mantenimiento de máquinas de una fábrica durante muchos años. ¿Habrían sido el tipo de máquinas que había en los hospitales? Decidió contactar con el jefe de mantenimiento de la zona y ver lo que podía hacer...

Sonrió. Debería haberle dicho a Lucy que no recogía melenudos, sino que ayudaba todo lo que podía a los seres humanos. Después de todo, aquel era el fundamento básico de la medicina.

Jena se despertó. Se incorporó en la cama y se sorprendió mucho al ver que la luz del sol entraba a raudales en el salón. Rose también estaba despierta, aunque tenía unas profundas ojeras que sugerían que no había dormido en toda la noche. Sin embargo, Noah no estaba por ninguna parte.

—No le oí marcharse. Debí de quedarme dormida justo cuando el sol empezó a salir porque los pájaros empezaron a cantar. Ya no me acuerdo de más.

—Estoy segura de que no habrá ocurrido nada —dijo Jena, aunque no estaba segura—. ¿Quieres utilizar el cuarto de baño? Yo me quedaré con las niñas.

—No, ve tú primera. Eso es lo menos que puedo hacer después de que tu novio y tú hayáis sido tan amables con nosotras.

Jena estuvo a punto de declarar que no eran novios, pero, sin saber por qué, decidió guardar silencio. Se levantó de la cama y fue corriendo al cuarto de baño. Una vez más, se lavó los dientes con el dedo y se desenredó el pelo con el cepillo de Noah.

Decidió quedarse con la camiseta en vez de ponerse de nuevo el bañador con la camisola. Estaba en la cocina, buscando los cereales para el desayuno, cuando Noah regresó.

Venía con un hombre al que Rose y las niñas saludaron efusivamente. Era Greg.

Jena decidió que era un buen momento para marcharse. Con tanta emoción, nadie notaría su ausencia.

–¿Te marchas?

–Sí –respondió ella, dándose la vuelta–. En realidad, tengo que ir a trabajar y no puedo hacerlo así. No quiero llegar tarde ni hacerte esperar.

–Está bien –replicó él, con una sonrisa–. Te llevaré en mi coche.

–¿En un día tan maravilloso como este? ¡Ni hablar! Iré andando por la orilla del lago –comentó ella. Noah insistió, pero Jena no pensaba ceder–. ¡Tienes invitados en la casa! –añadió, antes de marcharse.

Noah la observó. Efectivamente, ella tenía razón. Debía ocuparse de sus invitados aunque, en aquellos momentos, tenían una importancia secundaria para él.

Era una necedad negar la atracción física que sentía por aquella mujer, dado que su cuerpo reaccionaba cada vez que la veía, pero podría resistirla. ¿Acaso no era la capacidad de controlar el cuerpo una de las ventajas de la madurez?

Suspiró y volvió a entrar en la casa. Encontró a la familia sentada en los sofás. Los padres estaban abrazados y las niñas acurrucadas entre ellos.

–¿Por qué no os quedáis aquí el resto de vuestras vacaciones? –sugirió de repente, sin poder evitarlo–. Me preocupa mucho que Jena esté sola en la cabaña de su amigo, así que, de ese modo, podré ir a acompañarla. Como no llevo aquí mucho tiempo, solo tardaré unos minutos en recoger mis cosas. Entonces, Greg, te llevaré al camping para que puedas recogerlo todo y volver aquí con vuestras cosas. Creo que os sentiríais más cómodos aquí, lejos del parque. Hay teléfono si lo necesitáis y nadie va a utilizar la cabaña hasta Año Nuevo, cuando llegarán mi hermana y su familia.

Greg se puso en pie y ser acercó a Noah. Entonces, extendió la mano.

—No sé quién eres ni por qué estás haciendo esto, amigo, pero no lo lamentarás. Y yo nunca lo olvidaré.

Se dieron la mano para sellar su trato. Después, Noah se excusó. Él tampoco sabía por qué lo estaba haciendo. De hecho, seis meses antes, si se hubiera escuchado decir aquellas palabras, habría ido a consultar a un psiquiatra. O Lucy le habría extendido un certificado y le habría ahorrado las molestias.

Pero todo aquello había sido antes de la muerte de una joven que casi no había conocido, una niña llamada Amy...

Decidió dejar de pensar en Amy, en Lucy y en el pasado. Tenía que recoger sus cosas. Jena Carpenter no le perdonaría nunca que la tuviera esperando.

¡Jena Carpenter! No se había parado a pensar ni por un momento lo que ella pensaría de aquella decisión. De repente, sonrió. Si se paraba a pensarlo, estaba deseando verlo...

—¡No puedes quedarte aquí! —exclamó Jena, con firmeza.

—No quiero dejar a Greg y a Rose solos completamente. Al menos por un par de días —explicó Noah.

—¿Por qué?

—Le dije a la policía que me haría responsable de ellos, en realidad de Greg, si no presentaban cargos contra él por lo ocurrido. No puedo marcharme a la ciudad y dejarlos aquí solos. Si lo que te preocupa es tu virtud, te aseguró que estarás del todo segura —añadió, levantando las manos—. No me interesan las mujeres, al menos durante los próximos veinte años.

—¡Como si hubiera posibilidad alguna de eso!

–Sé que no es tu casa, pero si llamo a Matt y le explico la situación...

–¡Ni hablar! –exclamó ella, para luego bajar las escaleras del porche y agarrarle por un brazo–. No lo hagas. Quédate aquí si tienes que hacerlo. Entiendo la situación de esa familia y que no quieran regresar al camping, la responsabilidad y todo lo demás... Pero no se lo debes decir a nadie. Ni al personal del hospital ni a mi equipo. A nadie. Tiene que ser un secreto.

A Noah solo se le ocurría una interpretación que pudiera explicar aquella insistencia: que Jena estuviera manteniendo una relación con Matt.

–Bueno, después de esta cálida bienvenida –replicó él–, supongo que puedo dejar mi bolsa dentro. Dejaré el colchón plegable en mi coche hasta esta noche.

Al entrar en la cabaña, miró a su alrededor y se dio cuenta de que la impresión de abandono que se veía en el exterior de la casa se reflejaba en el interior.

–Esto tiene que ser un castigo de alguna clase –susurró. Entonces, se dio la vuelta para mirar de nuevo a Jena.

–Si es así, ¿por qué no pudiste quedarte con Greg y Rose, especialmente si tienes cierta responsabilidad sobre ellos? Es una locura, marcharte de tu casa y dejarlos dentro. No los conoces y anoche ese hombre estuvo por el parque, a oscuras, con una pistola y un cuchillo.

–Me ha dado la pistola y el cuchillo no cortaba casi nada. No era un arma muy peligrosa que digamos.

–¡A pesar de todo ha sido una locura por tu parte! ¿Quién eres tú? ¿Uno de esos ángeles que está a mitad de camino entre el cielo y la tierra y que hace buenas acciones para limpiar el mal que hizo antes de morir? ¡Debió de ser realmente malo!

–¿Les habrías enviado tú al camping después de lo que ocurrió? Imagínate lo avergonzados que ser sentirían. Habrían recogido sus cosas y se habrían marchado a casa. ¿No te parece que necesitan un descanso antes de tener que volver a afrontar las realidades que les esperan?

—Te repito que te podrías haber quedado con ellos —replicó Jena, mientras él volvía a bajar los escalones del porche—. Además, ¿por qué vive un médico tan lejos de su trabajo?

—¡Deberías de estar agradecida de que sea así, porque si no tendrías que volver andando a la ciudad!

Cuando se metieron en el coche, Noah captó la ligera fragancia que emanaba de ella y se sintió muy turbado por lo repentino de su decisión. Si meterse en un coche le provocaba aquella reacción, ¿qué sería vivir con ella?

«Es de Matt», se recordó. Sin embargo, aquello no lo ayudó. ¿Acaso no le había robado Matt a Bridget Somerton? Recordó las innumerables maneras en las que, según su madre, Matt era un ejemplo para él. ¡Matt el perfecto!

—¿Y bien? —preguntó Jena, mientras se dirigían hacia el hospital—. ¿Por qué vives tan lejos? Me gustaría saberlo.

—Les he prestado mi casa a unos amigos —respondió. Entonces, ella se echó a reír.

—¿Qué te hace tanta gracia?

—¿Cuántas casas tienes? ¿Es que las das todas? ¿Estás seguro de que no eres ese ángel del que te hablaba antes?

—¡No he dado nada!

Acababa de pronunciar aquellas palabras cuando se dio cuenta de que no eran del todo ciertas. De hecho, había dado una vieja casa en la capital a una organización de rehabilitación de drogadictos. Solo era una casa muy pequeña, que había comprado cuando estaba estudiando y que había pagado alquilando habitaciones a otros estudiantes.

—Hay otra más, ¿verdad? —insistió ella—. Lo veo por el gesto que tienes en la cara.

–Eso fue diferente –protestó él–. Además, la casa de Kareela y la del lago las he dejado solo temporalmente. Mis amigos de la ciudad se mudarán muy pronto. Me vine aquí porque no quería que pensaran que los estaba vigilando. Y Greg y Rose están terminado sus vacaciones en el lago...

Para su sorpresa, Jena pareció aceptar la explicación. Dejó de reír. Al mirarla, Noah vio que tenía expresión de sorpresa en el rostro.

–¿Y ahora qué? –preguntó él.

–No pareces disfrutar de tanta filantropía. Eres amable y generoso y mucho más impulsivo de lo que se podría decir de ti a primera vista, pero no parece que te resulte divertido.

–¿Divertido? ¿Y por qué iba a ser divertido?

–Tal vez divertido no sea la palabra, sino satisfactorio, en cierto modo placentero...

–Creo que en la vida hay mucho más que la diversión y el placer –gruñó él, centrándose en la carretera–, aunque tal vez, en el falso mundo de la televisión resulte algo difícil creerlo.

–Tal vez tengas razón –susurró Jena, con un hilo de voz.

El silencio se apoderó de ellos. Ella empezó a mirar por la ventana y a pensar en la palabra «falso» y en lo que Noah le había dicho sobre los documentales de Matt. El día anterior, no había querido pensar en ello porque había querido ser la primera mujer en llevar a cabo uno de los desafíos de Matt, que Noah consideraba completamente falso. Tal vez por eso no quería considerar el aspecto «falso» de la televisión, porque, si lo hacía, tendría que plantearse muchos interrogantes sobre la nueva profesión que había elegido, lo que haría que la estancia en la cabaña de Matt no tuviera sentido alguno.

Aunque, con Matt allí, no parecía significar mucho. Sin embargo, Matt, con un poco de suerte, no se enteraría nunca.

Jena suspiró justo en el momento en que Noah apagó el motor.

—¿Tienes problemas, rubia?

—Solo estoy confundida... ¡Tan confundida! ¡Y es todo culpa tuya!

—¿Culpa mía? ¿Y qué diablos he hecho yo? Bueno, si se trata de confusión, puedes unirte al club —replicó él, sin simpatía alguna.

Tras decir aquellas palabras, salió del coche y se marchó. Por su actitud, se adivinaba que tenía tantas ganas de escapar de la presencia de Jena como ella de la de él.

¿Porque Noah le había hecho reconsiderar los objetivos que se había puesto tan recientemente? Jena pensó en ello y buscó una respuesta sincera.

De repente, se negó a seguir buscando alternativas. Había días en los que uno no podía tolerar demasiada sinceridad con una misma. Decidió que volvería a empezar el día. Primero, iría a visitar a Kate, que seguramente recibiría el alta aquella misma mañana. No obstante, sabía que tarde o temprano tendría que volver a ver a Noah...

Capítulo 7

KATE estaba sentada en una silla al lado de la cama de la señora Nevins. Tenía entre sus manos una muestra del punto de la mujer.

–¡Mira esto, Jena! Es arte... ¡Mira los colores y el diseño del dibujo!

Kate, a pesar de que tenía los movimientos restringidos por el cabestrillo que llevaba en el brazo, le entregó el punto a Jena.

–Es igual de bonito por la parte de atrás... ¿o es que son las dos partes iguales? –dijo alguien. Cuando Jena se volvió, descubrió a una chica muy joven y muy delgada detrás de ella–. Me llamo Carla. Conocí a Kate anoche y hemos estado hablando. Ella me dijo que nos presentaría y no quería que se olvidara.

Jena estrechó la mano que le extendía la joven, que era tan frágil como la pata de un pajarillo.

–Es una del grupo que está viviendo en casa de Noah –comentó la señora Nevins–. Pensó que podrías enseñarle el oficio de modelo.

Este comentario hizo que Carla y Kate se mostraran muy avergonzadas.

–Te lo iba a decir... –empezó Kate.

–No es lo de ser modelo, pero iba a pedirte...

Jena golpeó a la muchacha suavemente en el hombro.

–Ya hablaremos más tarde. En primer lugar, tengo que ir a ver a mi equipo para asegurarme de que todo vaya bien. Regresaré más tarde. ¿Estarás aquí, Carla?

–Me voy a marchar tan pronto como vea a Noah, pero él te dirá dónde vivo... Bueno, donde me alojo por el momento. O podría esperar...

–Yo subiré enseguida –le dijo Kate a Jena–. Ya he pasado aquí la noche, que es lo que el doctor quería. Tendré cuidado con el hombro, pero quiero ir a trabajar.

Jena se imaginaba las verdaderas razones, pero no dijo nada. Mientras se marchaba, tuvo que reconocer que si Matt estuviera allí, Kate se habría marchado a su casa en el momento en que le hubieran dado el alta. Sin embargo, Matt no estaba allí. Además, sabía que no iría a comprobar cómo iban las cosas porque confiaba en ella. Y ella estaba traicionando aquella confianza dejando que Noah se alojara en su casa.

Noah también estaba pensando sobre Matt Ryan. Sabía que le consideraba un soltero empedernido, siempre rodeado de hermosas mujeres, pero sin comprometerse con ninguna de ellas en matrimonio. Sin embargo, Jena debía de creer que iba en serio con ella. Si no, compartir la casa con él no le habría alterado tanto.

Tras firmar los papeles que tenía en el escritorio, consultó su agenda. Al ver lo que le esperaba, gruñó. ¡Una reunión! Decidió que tendría tiempo de hacer su ronda primero. Además, recordó que Carla estaría esperando para que le diera el alta.

Cuando salió de su despacho, vio unas largas y esbeltas piernas que desaparecían rápidamente escaleras arriba. Aquella visión le hizo empezar a pensar si quería quedarse en la cabaña de Matt. Sin embargo, si volvía a la ciudad, sabiendo que estaba sola allá arriba...

–¡Feliz día de reunión! –bromeó Rhoda, cuando él entró en el pabellón femenino.

Noah no contestó y se limitó a examinar un montón

de papeles que la mujer tenía en el escritorio antes de empezar su ronda de visitas. Justo entonces, apareció Jena.

–Recuerdas que te voy a acompañar durante unos pocos días, ¿verdad? –dijo ella. Había cierta tensión en su voz que no pasó desapercibida para Noah.

–La señora Burns no responde a los antibióticos que recomendó el laboratorio –anunció Rhoda, quien tras sonreír a Jena, se había puesto a realizar su trabajo habitual.

–¿Sigue teniendo la infección todavía solo en la garganta?

–Sí y no, pero se siente tan mal... Le está afectando mucho, Noah.

= Bueno, vamos a verla.

Se dirigieron a una de las habitaciones individuales, ya que se había aislado a la paciente para prevenir que se extendiera la infección. Mientras se dirigían hacia la sala, la presencia de Jena le produjo una extraña sensación. Sin embargo, decidió que se tendría que acostumbrar a ella si quería sobrevivir durante las siguientes semanas.

–¿Por qué no funcionan los antibióticos? –preguntó la señora Burns, en cuanto entraron en su habitación.

Noah no tuvo tiempo de presentar a Jena. Vio que ella se quedaba un poco atrás, dejando que fuera Rhoda la que le acompañara al lado de la cama.

–Porque la infección de estafilococos que tiene es muy resistente. Tendremos que probar tres o cuatro antibióticos o una combinación de más de uno hasta que demos con lo que puede terminar con ella.

–¿Y será pronto?

–¡Claro que sí! –prometió, aunque no estaba tan seguro.

Examinó a la señora Burns concienzudamente,

prestando especial atención al aparato respiratorio, dado que la mujer había sido hospitalizada en primer lugar por una neumonía.

–Bueno, aparte de la garganta, parece estar bastante bien –le dijo, cuando hubo terminado.

–Si no fuera por mi garganta, podría comer. No se puede imaginar cómo es esto, doctor. Tengo un sabor horrible en la boca y el olor en la nariz...

–Bueno, lo que vamos a hacer va a ser cambiar de antibiótico. El problema es que su infección es diferente a la mayoría de las infecciones por estafilococos, así que es cuestión de probarlo todo y daremos con toda seguridad con la combinación que acabe con la suya.

–Como está en el hospital, la podemos mantener con una dieta de líquidos y de bebidas especiales para que su cuerpo no se resienta, así que la alimentación no es ningún problema –añadió Rhoda.

–Y tiene que hacer ejercicio –le recordó Noah–. La fisioterapeuta vendrá mañana y nos va a echar una buena reprimenda si cree que le hemos permitido estar todo el día tumbada sin hacer nada.

La señora Burns prometió esforzarse un poco más.

–Le mandaré una enfermera para que la ayude a caminar un poco en cuanto terminen con su trabajo en los pabellones –le aseguró Rhoda.

Cuando salieron de la habitación, Rhoda le preguntó a Noah:

–¿Crees que acabaremos con esa infección?

–¡Claro que sí! Empezaremos hoy mismo con un nuevo tratamiento y, si vemos que no funciona, le haremos otras pruebas. La bacteria que ha aislado el laboratorio es más común como infección cutánea y lo que se hace en esos casos es cortar el tejido infectado...

–¡Pero no se le puede cortar la garganta! –intervino Jena–. ¿Cómo creéis que se produjo la infección?

–Seguramente fue el tubo que se le insertó durante la operación. Siempre causa irritación en el tejido de la garganta y eso proporciona un lugar ideal para que se reproduzcan las bacterias.

En aquel momento, llegaron al pabellón de hombres y empezaron a visitar a los pacientes. Colin Craig fue el primero. Se estaba recuperando de un accidente de automóvil, que había tenido como resultado múltiples traumatismos en las piernas y en los tobillos.

–Bueno, ¿cómo está el hombre biónico? –preguntó Noah, a modo de saludo.

Colin estaba sentado en la cama, con las dos piernas escayoladas.

–No muy bien. Creía que el especialista me había dicho que podría andar en quince días.

–Eso si todo parecía estar bien en las radiografías. Los tornillos y los clavos que te sujetan los huesos permiten que vaya creciendo el hueso y eso será lo que acabe por curarte. Si pones peso en los tobillos y en las piernas demasiado pronto, esa nueva parte del hueso sufriría y podría romperse.

–Y el especialista te dijo cuatro semanas, no dos –afirmó Rhoda–. Lo sé porque yo estaba con él.

Noah se echó a reír. Colin era el sobrino de Rhoda, pero, aunque lo adoraba y había ido todos los días a Brisbane para visitarlo mientras estuvo allí, no pensaba darle ningún tratamiento especial en el hospital donde ella trabajaba.

–Te volveré a hacer radiografías el viernes –le prometió Noah–. Así que tendrás que esperar por lo menos hasta entonces.

El joven no pareció muy contento, pero pareció tranquilizarse cuando apareció un enfermero con una silla de ruedas.

–Voy a ir al vestíbulo para ver a esa gente de la televisión –explicó.

–Hoy no –le ordenó Noah–. Ya ha llegado parte del equipo, pero el que va a narrar la serie no llegará hasta la próxima semana.

–Eso no es lo que preocupa a Colin –afirmó Rhoda–. Lo que quiere decir es que va a quedarse en el vestíbulo para ver a Jena subir y bajar por las escaleras. Casi todo el personal masculino está poniendo una excusa para estar en el vestíbulo todo el tiempo posible.

Noah miró a Jena, que se había sonrojado.

–Eso no es cierto. No deberíais decirle esas cosas –protestó Jena, cuando se apartaron de la cama del enfermo.

–Bueno, al menos el muchacho tiene buen gusto –dijo él, como para evitar echarle más hierro al asunto.

–¿Tú también? –murmuró Rhoda–. Pensé que habías renunciado a las mujeres de por vida.

Noah decidió no prestarle atención y se concentró completamente en su siguiente paciente, un hombre mayor al que se le había diagnosticado artritis reumatoide.

Además, estaba Toby. Él también sufría de artritis, aunque seguramente la suya solo le duraría durante la infancia. Al menos, Noah esperaba que los efectos no se reflejaran en su edad adulta.

–Bueno, ¿cómo estás? –le preguntó Noah.

–¿Cuándo me puedo ir a casa?

–Si todo va bien, mañana.

Toby debía pasar temporadas de vez en cuando en el hospital cuando el dolor se hacía insoportable.

–¿Cómo va? –preguntó Jena, cuando se alejaron de la cama.

–Hasta ahora, bien.

–¿Crees que estará enfermo toda su vida?

–Espero que no. ¿Te gustaría quedarte con él un rato? –añadió Noah, al notar que el niño seguía pendiente de la visitante–. Con el resto de los pacientes voy a hacer lo mismo que he hecho hasta ahora. Con lo que has visto hasta el momento, te puedes imaginar lo que queda.

Lo dijo en broma, pero, en realidad, se alegró de poderse librar de su presencia durante un rato. Había oído que algunas personas sufrían una atracción inmediata por el sexo opuesto, pero él no era esa clase de persona.

–Vamos, Rhoda –le dijo él a su enfermera, al ver que Jena seguía su consejo y se sentaba al lado de la cama del pequeño Toby–. Sigamos con la ronda.

Para cuando hubo terminado y hubo hablado con Carla, descubrió que Jena ya se había marchado y que él llegaba tarde a la reunión con Jeff.

Cruzó rápidamente el vestíbulo y entró en las oficinas. Allí las dos secretarias y la recepcionista lo saludaron señalando los relojes.

–¡Pues Rhoda llega más tarde que yo todavía!

Las tres mujeres sonrieron, pero, en aquel momento, la puerta se abrió y las empleadas bajaron la cabeza para fingir que estaban completamente absortas por su trabajo.

–Llegas tarde –le dijo Jeff. Noah suspiró. Se había dicho que iba a dejar de discutir con Jeff, lo que significaba que tendría que dejar de defenderse.

–Siento haberte hecho esperar.

–Bueno, Rhoda tampoco ha llegado, pero quería acabar con los puntos básicos pronto porque le he pedido a Jena Carpenter que se una a nosotros. Creo que es importante que sepamos el programa del equipo de televisión con suficiente antelación como para que podamos actuar en consecuencia.

Aquel era uno de los ejemplos de lo que Jeff decía y que solía irritar tanto a Noah. Respiró profundamente y contó en silencio hasta diez. Paciencia era lo que necesitaba. En realidad, dosis doble porque su Jena Carpenter iba a estar presente.

–¿Qué has hecho para que ese hombre se comporte de un modo tan antagónico contigo? –preguntó Jena, mientras seguía a Noah, sin que él la hubiera invitado, a su despacho–. Y no te molestes en decirme que no es asunto mío, porque si tengo que soportar toda esa tensión cada semana mientras esté aquí, creo que me merezco tener un poco de información sobre quién está apuñalando a quién y por qué –añadió, cerrando el despacho de un portazo.

–No nos llevamos bien.

–¡Ja! Eso ya lo sé. Tal vez sea rubia, pero no tonta.

–Jeff no quería que hubiera un médico fijo aquí, pero el Departamento de Sanidad anunció el puesto de todas formas...

–¡Un momento! –exclamó ella, mientras se sentaba en una de las sillas–. Esto es un hospital. ¿Es que no hay médicos en todos los hospitales? ¿Cómo se puede tener un hospital sin médico?

–Lo que ocurre es que la mayoría de los hospitales de ciudades pequeñas como esta no y no tienen médicos contratados a médicos como superintendentes, es decir, como responsable médico del hospital. Hoy en día, estos hospitales pequeños tienen médicos de cabecera que simplemente utilizan el hospital para tratar a sus propios pacientes.

–Es decir, que no hay un médico como tú en esos hospitales, sino que cuando un médico manda a un paciente al hospital, él o ella es responsable de esa persona, ¿no?

–Exactamente.

–Pero, ¿dónde entra Jeff en todo esto? Además, ¿por qué le molestó tanto que te mandaran aquí? No me cabe la menor duda de que es mejor tener un médico permanentemente en el hospital.

–Eso es lo que pensaría cualquiera, pero en los hospitales en los que no hay médico, el administrador es el jefe. Controla la parte económica, decir las horas de visita de los médicos, informa al consejo y dirige completamente el edificio. La enfermera o el enfermero jefe puede darle su opinión, pero normalmente el administrador se encarga de todo.

–Y, como viniste tú aquí, Jeff ha visto reducido su poder, ¿no? Sin embargo, me parece que tener a un médico permanentemente aquí es bueno para el hospital y la ciudad.

–Efectivamente.

–Sin embargo, si es ambicioso, ¿no querría que este hospital fuera todo lo bueno que puede ser para así demostrar su eficacia? ¿Acaso no es mejor trabajar contigo que enfrentarse a ti?

Noah no respondió. Simplemente cerró los ojos, como si estuviera tratando de encontrar paciencia.

–Lo siento –añadió ella, poniéndose de pie–. Sé que tengo la mala costumbre de preguntar demasiado. Mi propia familia se queja de ello.

Sin decir nada más, salió del despacho, regañándose a sí misma. Como si Noah no tuviera ya suficientes cosas que aguantar.

–¡Hola! He estado esperando para hablar contigo.

Jena vio a Carla, sentada en las escaleras, hablando con Colin.

–Ahora, vete, Colin –añadió la joven–. Esto va a ser una conversación privada.

–¿Aquí, en el vestíbulo, con gente pasando todo el rato? –protestó él. Sin embargo, tras sonreír tímidamente a Jena, hizo girar la silla de ruedas y se marchó.

–¿Te ha hablado Noah al respecto? –preguntó Carla–. Se lo mencioné ayer.

Jena recordó el cambio de actitud que se había producido en él la mañana anterior, en la que había pasado de ser un gruñón a un encanto y encontró rápidamente la respuesta. Noah había querido algo de ella.

–No creo que me comentara nada en concreto, pero la señora Nevins me habló de que os enseñara a ser modelos.

–No tanto a ser modelos como a movernos. Me preguntaba si nos podrías enseñar a hacerlo. Sé que los desfiles de moda tienen una coreografía.

–¿A quién más te refieres?

–Somos los drogadictos de Noah. Pensé que ya lo sabrías. Verás, queremos hacer algo para la ciudad y pensé que si hacemos una carroza para participar en el desfile de Navidad, con unos bailes o algún movimiento. Aunque fue Noah quien sugirió que Kareela sería un lugar ideal, la ciudad nos ha aceptado bien, más o menos.

–Siento haberte preguntado, pero ahora estoy más confundida que antes. Empieza por explicarme eso de los drogadictos de Noah.

–Así es como nos llaman todos en esta ciudad –respondió Carla, subiéndose la manga de la camisa para mostrarle las cicatrices que le cubrían los brazos–. Noah creó este centro de acogida para personas que habían superado un programa de rehabilitación, pero que todavía no estaban preparadas para enfrentarse al mundo.

–¿Y aquí en Kareela hay estos problemas tan grandes como para crear un centro de rehabilitación y casas de acogida?

–No –respondió Carla, indicándole el escalón para que se sentara–. El centro de rehabilitación está en Brisbane. Lo de escoger Kareela como el lugar para el centro de acogida fue idea de Noah, porque está suficientemente cerca de la ciudad para que puedan venir a visitarnos nuestra familia o amigos. Además, es un centro de reunión muy importante para mochileros.

–Eso no lo acabo de entender.

–De nuevo, eso fue idea de Noah. Pensó que si nos mezclábamos y trabajábamos con personas de edad similar a la nuestra, que no tenían los problemas que habíamos tenido nosotros, su ejemplo nos resultaría edificante.

–¿Y tenía razón en esa idea?

–En lo que a mí respecta, sí. Durante mucho tiempo, no tuve nada, ni ambición ni esperanza, nada que estuviera más allá de mi siguiente dosis. Desde que llevamos aquí, hemos estado recolectando judías. Es un trabajo muy duro, ya que hay que estar doblado casi todo el tiempo, pero, a mediodía, uno se sienta bajo un árbol y la gente empieza a hablar sobre las montañas que han escalado en América del Sur o de los rápidos sobre los que han navegado en la India... Eso te hace sentirte viva.

–Bueno, tengo que realizar mi trabajo –afirmó Jena, tocándole el hombro–, pero me encantará hacer todo lo que pueda para ayudaros. ¿Puedo ir a visitarte cuando termine aquí? ¿Qué te parece después de las cinco? Dame la dirección y e indicaciones sobre cómo encontrar la calle, ya que no conozco la ciudad.

–Te lo dejaré por escrito en recepción –prometió

Carla–. Gracias –añadió, dándole un beso en la mejilla.

Jena empezó a subir las escaleras. No tenía ni idea de lo que podría hacer para ayudar al grupo de jóvenes, pero haría todo lo posible para colaborar con ellas. Sin embargo, en primer lugar, tendría que asegurarse de que su coche estaba arreglado. No quería que Noah tuviera que llevarla a todas partes.

Al pensar en él, se dio cuenta de que aquella era otra de sus buenas acciones. Tenía que admitir que, como hombre, aquello había hecho que le estimara aún más. No entendía por qué había decidido cooperar con un grupo tan problemático como los drogadictos ni arriesgarse a obtener el oprobio general metiéndolos en una pequeña ciudad como aquella. Tal vez se debía a alguna razón personal...

Andrew le estaba esperando en lo alto de las escaleras. El gesto que tenía en el rostro sugería problemas.

–La grúa no funciona. Tenemos el decorado del despacho y del quirófano pintado en el suelo con tiza. La madera y los muebles llegarán mañana, pero no podemos hacer que esa maldita cosa funcione.

–Esa grúa, ¿es nuestra o es alquilada? Si es alquilada, llama enseguida a la empresa y haz que nos envíen otra. Si nos pertenece a nosotros y no podemos arreglarla, alquila una.

Andrew asintió con la cabeza y se marchó a llamar por teléfono, mucho más aliviado. Jena se dirigió al lugar donde estarían los decorados y miró las marcas que habían hecho en el suelo.

–¿Es esto?

La voz de Noah la asustó.

–No sabía que mi despacho fuera tan grande.

–Necesitan sitio para meter las cámaras –explicó Jena–. Necesitan meter varias para que se puedan hacer tomas desde diferentes ángulos y que la situación parezca realista.

–A veces resulta difícil saber lo que es verdad, ¿no te parece? –preguntó Noah, mientras caminaba por encima de las marcas de tiza.

–En ese mundo del espectáculo, hay tan pocas cosas reales que es mejor no pensar al respecto. ¿Querías hablar conmigo?

–Me preguntaba si habías hablado ya con el mecánico sobre tu coche. Como he impuesto mi presencia en la cabaña de Matt, lo menos que puedo hacer es proporcionarte un medio de transporte, pero tengo una reunión con uno de los terapeutas después del trabajo y no me marcharé de aquí hasta tarde, posiblemente no hasta después de las siete.

–Esa hora me vendría bien –dijo Jena, recordando la promesa que le había hecho a Carla–. Aunque probablemente ya tendré mi coche para entonces. No tienes que llevarme tú.

–Parece una tontería ir en dos coches todo el tiempo –replicó él. Sin embargo, a Jena le pareció notar algo más allá de aquellas palabras.

Mudándose con ella, queriéndola llevar en su coche, ¿estaba Noah tratando de vigilarla por algún motivo? Lo estudió atentamente. Él se había parado delante de la ventana y estaba mirando al exterior.

Tan intenso, tan atractivo...

–A pesar de todo, si tienes esa reunión hasta tan tarde...

Jena empezó a hablar, pero, entonces, sintió que las palabras se le ahogaban en la garganta cuando él se volvió a mirarla. Su silueta se destacaba contra la ventana, como una figura entre las sombras.

Un desconocido. Y, no obstante, tan tremendamente familiar.

—Ya te haré saber lo que pasa con mi coche —añadió.

Entonces, Noah asintió y empezó a bajar la escalera, pisando con firmeza sobre cada uno de los escalones.

Capítulo 8

CUANDO se disponía a abandonar el hospital tras solucionar los problemas con la grúa, Jena no vio a Noah por ninguna parte. La recepcionista ya se había marchado, pero en su lugar había otra mujer a la que Jena no conocía.

–¿Una nota para usted? ¿Y se llama Carpenter?

–Sí. Carla, una de las pacientes, prometió dejármela aquí –explicó Jena–. Me explicaba cómo llegar a la casa en la que está viviendo.

–Ah, la casa de Noah. Yo le diré dónde está.

–¿Puedo ir andando? –preguntó Jena. El mecánico todavía no había terminado con su coche, aunque había prometido entregarlo a las seis y media como muy tarde.

–Sí. Está muy cerca.

Se lo explicó con tanta claridad que Jena no necesitó la nota de Carla, aunque esta terminó por aparecer bajo la guía de teléfono.

Al ver la casa, sonrió. No era exactamente lo que hubiera esperado para un médico soltero, pero era perfecta para un grupo de jóvenes. Estaba rodeada de árboles y tenía amplias galerías por delante y a ambos lados. Detrás, se veía una pista de tenis y una piscina.

Carla le abrió enseguida la puerta.

–Soy la única que está en casa. Los otros todavía no han regresado del trabajo. Entra.

Carla la llevó hasta una espaciosa habitación que

era una combinación de un salón y de un comedor. La cocina estaba separada por una mesa alta. Estaba tan bien decorado, con mimbre y adornos de terracota que Jena presintió el toque de una mujer en todo aquello. De nuevo, se preguntó cuál sería el estado civil de Noah.

Tal vez estaba separado.

—Es una casa estupenda, ¿verdad? Espero tener algún día una casa como esta.

—Supongo que resultan más baratas en una pequeña ciudad que en la capital.

—Entonces, supongo que me tendré que acostumbrar a vivir en el campo —replicó Carla, con una sonrisa.

—Bueno —dijo Jena, mientras se sentaban en unas sillas de lona—. ¿Qué es lo que pensáis hacer para el desfile?

—¡Ojalá lo supiera! —suspiró—. Parece que no nos ponemos de acuerdo en nada. Bueno no es exactamente que no nos pongamos de acuerdo. Lo que ocurre es que cada vez que alguien tiene una idea, nos aferramos a ella y nos olvidamos de la anterior, así que no llegamos a ninguna parte.

—¿Cómo será esa fiesta?

—Bueno, hacen un desfile. Bob, que organiza los equipos de trabajo, nos los contó todo. Se celebra el sábado antes de Navidad. El desfile empieza cerca de la biblioteca pública, baja por la calle principal y acaba en un parque donde habrá una pequeña feria.

—Tú mencionaste una carroza. ¿Es que queréis preparar una?

—Lo pensamos, pero ninguno de nosotros sabemos cómo hacerlo. Bob nos dijo que necesitaríamos algún tipo de vehículo sobre el que instalar la carroza para que esta se mueva. Entonces se nos ocurrió que... Bueno ya sabes que los desfiles llevan payasos o algo parecido bailando al lado de las carrozas. Pues pensamos que podríamos hacer eso. Luego, se nos ocurrió que, en vez de bailar, podríamos hacer algo en el parque, al final del desfile. Alguien sugirió estatuas. ¿Has visto esas personas que piden dinero y que fingen ser estatuas? Van pintados de arriba abajo, de color oro o de plata, y se quedan muy quietos. La gente se los queda mirando durante mucho tiempo. Se nos ocurrió que tal vez la gente de Kareela no habría visto eso. Yo nunca te lo habría pedido, pero Kate me dijo que tú habías viajado mucho y que tal vez podrías tener buenas ideas.

—Déjame pensar un poco sobre lo que podemos hacer. ¿Qué te parece si vuelvo a venir, digamos, pasado mañana? ¿Estarás aquí o habrás regresado ya al trabajo?

—No puedo trabajar durante cuatro días –respondió Carla, tocándose la venda que tenía encima de la sien–. Órdenes del médico. Estaré aquí.

Jena se despidió y las dos mujeres salieron juntas de la casa. Carla le preguntó si quería ver la piscina y Jena aceptó enseguida. Lo que había visto de la casa le había gustado tanto que quería ver más.

Lo que contempló, le hizo estar más segura que nunca de que Noah había comprado aquella casa con una mujer o para una mujer. Entonces, ¿dónde estaba ella?

Mientras pensaba en las diferentes posibilidades, volvió al hospital y se alegró de ver que su coche estaba allí, aparcado delante de la entrada Encontró las llaves y la factura bajo el asiento del conductor, tal y como le habían prometido, por lo que arrancó y fue a la parte del aparcamiento reservado a los empleados, que era donde Noah solía aparcar. El todoterreno parecía casi nuevo comparado con el viejo coche que le había prestado su hermano.

Rápidamente, escribió una nota para Noah en la que le decía que había vuelto a la cabaña. Cuando estaba colocándola bajo uno de los limpiaparabrisas, oyó su voz.

−¿Es que me estás tratando de robar los limpiaparabrisas? −preguntó Noah, de repente.

−No. Solo te dejaba una nota −replicó ella. Se había sobresaltado con aquella repentina pregunta.

−¿Para decirme que no necesitas que te lleve a la cabaña?

−Así es. Como ves, tengo mi coche y me puedo marchar ya, mientras que tú no te irás hasta después de la siete, según me dijiste. Como tú me diste de cenar ayer, pensaba devolverte el favor esta noche, aunque supongo que tendrás tus propios alimentos en la casa, suficientes para los dos días que tendrás que quedarte conmigo. Como ya habrás notado, tengo muy poco sitio para guardar cosas así que yo suelo comprar un día sí y otro no y solo lo que necesito.

−Sí −respondió él, mirándola con mucha intensidad−. Tengo más que suficiente en el frigorífico y en el congelador. Esta noche iré a visitar a Greg y a Rose, así que me llevaré algunos alimentos a la cabaña. También tengo un pequeño frigorífico portátil que funciona con gas, así que no tendré que utilizar el tuyo.

−¡Estupendo! −exclamó ella, aunque sabía que aquel comentario resultaba muy poco hospitalario. Sin embargo, no podía pensar con claridad por la fuerza con la que la miraban los ojos de Noah−. Bueno, hasta luego −añadió, metiéndose en su coche a continuación.

−Pero yo también me voy. La reunión ha terminado temprano.

Una vez más, Noah le estaba impidiendo cerrar la puerta del coche. Estaba tan cerca que podía admirar muy de cerca su rostro, sus labios, que esbozaban una ligera sonrisa...

–Al menos, déjame que te lleve en mi coche–. Como tú misma me dijiste, fui yo el que te ha metido en todo esto. Traerte y llevarte desde casa es lo menos que puedo hacer para pagarte.

–¿Pagarme por no querer que estés en mi casa? –preguntó ella. Sin poder evitarlo, notó que sus labios empezaban también a sonreír.

Trató de recordar todas las razones por las que no quería ir en el coche de Noah, pero, como él no dejaba de soltar la puerta, no se le ocurrió nada que sonara razonable. Al final, salió de su coche, cerró la puerta con ella y se dirigió hacia la puerta del todoterreno, que él ya había abierto para que pudiera entrar.

–Solo hago esto porque parece una estupidez no viajar juntos –dijo ella, mientras se él se ponía tras el volante.

–¡Que Dios me libre si me tomo esto como una afirmación de que deseas tanto mi compañía! Supongo que es eso lo que me querías decir, ¿no?

Jena se encogió de hombros. Se le acercaba bastante, pero sus reservas a viajar con él se debían más bien a su propia debilidad, a su incapacidad para controlar el modo en que su cuerpo reaccionaba ante él. En aquellos momentos, lo último que necesitaba en su vida era un hombre y las complicaciones que suele suponer. Su trabajo, sobre todo el que esperaba conseguir por estar en aquella cabaña, merecía toda su atención si quería tener éxito, algo que, en aquella ocasión, estaba decidida a tener a pesar de lo que pudiera pensar la gente de ella.

Noah notó el modo en que fruncía el ceño y le preguntó:

–¿Quieres que hablemos?

—¿Hablar sobre qué?

—De lo que te está preocupando. Algunas veces ayuda.

—¿Vuelves a creerte que eres un ángel? Además, aunque lo fueras, esto es algo que ningún ángel podría solucionar, ya que se trata de algo personal.

—¿Problemas del corazón? —insistió él.

—No es asunto tuyo. Además, no se trata de nada de eso —añadió, para que no tuviera ninguna duda—. Además, ¿por qué has dado por sentado inmediatamente que se trataba de eso? ¿Es que crees que lo único que puede haber en la mente de una mujer es el amor?

Jena hizo una pausa para tomar aliento, pero no lo suficientemente larga como para que él pudiera responder.

—Si has estado diciendo esas cosas por ahí, alguna mujer podría haberte hecho pagarlo muy caro. Eso encajaría perfectamente con tu imagen de ángel que busca hacer el bien para purgar su mal.

—¿Nos podemos olvidar ya de eso del ángel? Soy de verdad, no muy divertido, pero de carne y hueso. Oyó que ella murmuraba algo, pero dudaba que hubiera dicho lo que él creía. Sin poder evitarlo, imágenes de piel femenina empezaron a cruzarle por la cabeza, piel ligeramente perfumada, algo bronceada. Eran las mismas imágenes en las que no había podido dejar de pensar desde que había conocido a Jena. Ella era una mujer que podría tener a cualquier hombre que eligiera. ¿Por qué iba a escoger a un médico confuso y siempre enfadado como él?

—¿Has hablado con la policía? ¿Están satisfechos con los que has organizado para Greg y Rose?

Noah sonrió. Seguramente había escuchado mal. Él estaba pensando en la atracción física y ella en sus invitados.

–Sí. Hablé con el sargento en cuando llegué a trabajar. Lo había telefoneado antes, cuando encontré a
Greg en el camping y le prometí ponerle al tanto de
cualquier problema. Piensa hablar con Greg y suge-
rirle que vea a alguien que le pueda aconsejar, pero no
presentará cargos. Te dejaré en la cabaña antes de ir a
mi casa a ver cómo están.

–¿Esta noche no vas a nadar en el lago? –preguntó
Jena, solo para tener algo de qué hablar.

–Tal vez más tarde. Esta noche habrá casi luna
llena, así que se verá bien en el lago. Y, dado que no
hay ni tiburones ni cocodrilos ni otros animales, estaremos a salvo.

«¿Estaremos a salvo?» Aquellas palabras resonaron
en la cabeza de Jena. Le daba la sensación de que nadar en el lago, a la luz de la luna, con aquel hombre resultaría tan poco seguro que ni siquiera se atrevía a
contemplarlo. Y los peligros que se le venían a la cabeza no incluían ni tiburones ni cocodrilos.

Sin embargo, se sentía muy acalorada. Un baño a la
luz de la luna resultaría mágico...

Noah detuvo el coche para que ella pudiera bajarse.
Cuando entró en la cabaña, vio la bolsa que Noah había llevado allí con sus cosas y comprendió de repente
la enormidad de lo que él le había pedido. La cabaña
solo tenía una habitación, con una pequeña cocina en
un rincón. En el porche trasero había un cuarto de
baño que, gracias a Dios, funcionaba perfectamente.
Es decir, con agua de un cubo. También había el plato
de una ducha en el que ella se lavaba, con la ayuda de
otro cubo de agua.

En el interior de la cabaña, había unas pequeñas ha-
macas de lona que servían para sentarse durante el día
y para dormir por la noche. Una de ellas se había con
vertido en el armario de Jena, ya que toda su ropa es-

taba doblada encima. Matt le había dicho que se llevara un colchón de goma para que la hamaca resultara más cómoda. Aparte de unas sillas y una mesa, no había mucho más.

A los pocos minutos, oyó el motor del todoterreno de Noah. Rápidamente, Jena fue a la cocina y miró en su pequeño frigorífico. Tenía filetes y un paquete de salchichas. Decidió que haría la carne a la plancha sobre un plato de barbacoa que podía instalar sobre la cocina.

–Greg y Rose están bien –anunció Noah, en cuanto entró en la cabaña. Entonces, miró a su alrededor y lanzó un silbido que a Jena no le pareció de apreciación–. ¿Quieres que encienda las lámparas?

–Lámpara, en singular. Y sí, puedes encenderla.

Noah encendió la lámpara mientras ella empezaba a calentar el plato y buscaba en el frigorífico los ingredientes necesarios para preparar una ensalada.

–Tengo una silla plegable en mi coche –dijo Noah–. Voy por ella. En realidad, tengo dos. Si te has estado sentando en esos instrumentos de tortura, terminarás por agradecer que haya venido.

–Puedes estar seguro de que no –replicó ella.

Verlo encendiendo la lámpara y colocarla sobre la mesa le había dado a la escena un aire de intimidad en el que prefería no pensar

Noah salió a buscar las sillas y volvió enseguida con ellas.

–¿Te parece bien un filete y ensalada? ¿Te apetece una salchicha?

Noah oyó la pregunta, pero no pudo responder. En algún momento, Jena se había puesto unas gafas de montura negra, supuestamente para leer la etiqueta del paquete que tenía entre las manos. De repente le pareció completamente errónea la idea de que una mujer no podría resultar atractiva con gafas. Jena Carpenter, con ellas, era la mujer más sexy que había visto nunca. Incluso más que sin ellas, aunque no sabía cómo podría ser posible.

—¿Es que no ves bien de cerca?

—No —respondió ella, quitándoselas enseguida. Noah no pudo evitar sentir una cierta desilusión.

—¿No las necesitas para conducir?

—No. Solo para leer, escribir y trabajar con el ordenador. Bueno, ¿quieres un filete?

—Claro —respondió él—. Y ensalada y salchichas.

Noah decidió no tratar de entablar conversación con ella y sacó un libro de su bolsa. Necesitaba sumergirse en algo para dejar de pensar en Jena.

Dejó el libro encima de la mesa y se dio cuenta de que, como la oscuridad iba haciéndose más intensa, ella necesitaría luz para poder preparar su cena. Sin embargo, no había nada que le hiciera sentarse más cerca de ella. Ni siquiera un libro.

Jena trató de concentrarse en preparar la cena, aunque, aquella noche, la tarea le estaba resultando de lo más difícil. La presencia de Noah la distraía mucho, como si él hubiera infectado el aire con algo que hacía que manos y cerebro se convirtieran en partes inútiles.

Con un esfuerzo supremo, trató de concentrarse, aunque los ruidos que él estaba haciendo se lo estaban poniendo muy difícil. Al final, la curiosidad pudo con ella.

—¡Me has robado la mesa!

—Simplemente la he sacado fuera —respondió él, desde el umbral de la puerta—. ¿Por qué vamos a comer aquí dentro cuando hace un tiempo tan maravilloso? Por cierto, no se me ocurrió traer platos y cubiertos —añadió, acercándose a la cocina—. ¿Tienes tú?

—Traje suficientes para dos —dijo, dándose cuenta

inmediatamente de su error cuando vio el brillo en los ojos de Noah.

—Entonces, esperabas, o esperas, que Matt venga a verte, ¿no? Por cierto —comentó, al notar que ella acababa de colocar los filetes en la plancha—. El mío me gusta poco hecho.

—¡Si no dejas de hablar de Matt Ryan te lo voy a tirar a la cara! En realidad, tengo suficientes platos y cubiertos para cuatro, porque, en vez de traerme las cosas por separado, me limité a cargar con mi cesta de picnic —añadió, señalando la cesta, que estaba sobre la encimera. Entonces, se volvió para dar la vuelta a los filetes—. Ahora, si no te importa, lleva la ensalada a la mesa. Encontrarás los cuchillos y los tenedores en la cesta de picnic.

Noah obedeció e hizo lo que ella le había pedido. Minutos después, empezaron a comer en silencio, pero cuando terminaron la cena, la falta de conversación pareció tensar aún más el ambiente hasta que Jena empezó a hablar.

—He ido a visitar a Carla. No conocí a los otros, dado que estaban trabajando, pero tal vez tú me puedas dar algo más de información sobre ellos. ¿Cuántas personas más forman parte de tu programa?

—No es mi programa. Yo me limité a sugerir que una ciudad como Kareela, por la que pasa mucha gente joven, sería ideal para que empezaran a integrarse.

—Además, mezclarse con los mochileros, escuchar historias de sus vidas, les podría dar un incentivo añadido para mantenerse alejadas de las drogas. Esa parte me la contó Carla.

—En realidad, ese es un beneficio que no esperábamos. Yo sabía que sacarlas de su ambiente era fundamental. No tenía ningún sentido que salieran de un centro de rehabilitación y que se mezclaran de nuevo con amigos que seguían tomando drogas. No pensé en la influencia de jóvenes que viajan constantemente de acá para allá hasta mucho más tarde, cuando las discusiones se habían prolongado de tal manera que creía que el proyecto no sería posible.

–Y entonces, se te ocurrió la idea que hizo que todos cambiaran de opinión.

–No, en realidad, ya se me había ocurrido. Mi tía había muerto y me había dejado su casa. Parecía creer que encontraría un buen uso para esa casa. Por alguna razón, creía que, por ser médico, era también una persona muy humanitaria.

Jena sonrió. Aquella era otra casa más que había dado a los demás. Sin embargo, decidió no hacerlo evidente.

–¡Lo dices como si ambas cosas se excluyeran completamente!

–A menudo lo son. ¿Por qué tiene la gente la impresión de que los médicos son lo más parecido a un santo? La mayoría de los que yo conozco son seres ambiciosos que hacen cualquier cosa por llegar a la cumbre de sus carreras.

–No creo que todos sean así.

–No, no todos –admitió Noah.

–¿Y por eso decidiste apartarte de esa lucha de ambiciones, porque no te gustaba en lo que los médicos, desde tu punto de vista, se habían convertido?

–En realidad, no tengo ningún derecho a criticar a nadie y no, no fue por lo que los demás me parecían ser, sino por miedo a que yo mismo me convirtiera en uno de ellos. Por eso y por otras cosas.

Jena esperó que él prosiguiera hablando, pero no dijo nada más. Simplemente se puso a mirar el lago, iluminado por la luz de la luna.

–Creo que voy a ir a bañarme. Supongo que a ti no te apetece –dijo él.

—Lo que, traducido, significa que te gustaría ir solo —replicó Jena—. Pues lo siento. He tenido un día muy largo y un baño es mi recompensa. No tienes derechos exclusivos sobre ese lago, así que tendrás que soportarme. De hecho, no hace mucho, me invitaste a nadar contigo esta noche. Incluso me garantizaste que el agua estaría libre de cosas que muerden.

—¡Yo no estaría tan seguro de eso! —exclamó Noah. Entonces, se puso de pie y recogió los platos sucios, que llevó al interior de la cabaña.

Jena lo dejó ir. Se pondría el traje de baño cuando él hubiera salido de la casa. Mientras tanto, tendría tiempo para pensar en aquel comentario. Eso de «yo no estaría tan seguro de eso» parecía concordar perfectamente con el pensamiento que ella había tenido antes.

Capítulo 9

CUANDO minutos después, salió de la cabaña, se sorprendió mucho al encontrarse a Noah esperando en la escalera.

—Pensé que ya te habrías ido.

—¿Y dejarte que fueras sola por ese sendero tan oscuro? Tal vez no sea un ángel, pero tengo modales. Yo iré delante.

Tenía una linterna, con la que fue iluminando el camino. Cuando llegaron a la arena, Jena dejó caer su toalla, se puso un gorro de baño y salió corriendo hacia el agua. Tal vez un baño lograra aliviar la tensión que sentía en el pecho. Podría ser que el ejercicio le cansara lo suficiente como para poder dormir en la misma habitación que Noah.

Sintió que el agua la rodeaba por todas partes, como una sedosa caricia que tranquilizaba sus nervios y refrescaba el extraño calor que le hacía hervir la sangre.

Nadó unos cien metros y luego se puso a flotar de espaldas mientras admiraba el cielo.

—¿Has descubierto alguna constelación entre las estrellas? —le preguntó Noah, de repente.

—En realidad, estaba contándolas. Había alcanzado el millón cuatrocientas treinta y cinco mil y ahora tú me has hecho perder la cuenta.

Jena se dio la vuelta y se sumergió, para emerger en un lugar que esperaba estuviera a bastante distancia de él. Sin embargo, Noah la había seguido.

–Lo último que quiero en estos momentos para mi vida es un lío sentimental –dijo él, de repente. Jena sonrió, agradecida que él por fin hubiera dicho lo que tanto parecía preocuparle.

–La palabra lío ni siquiera empieza a describir lo devastador que resultaría una historia de amor para mí en estos momentos. Arruinaría todo.

Ya estaba dicho, aunque haberlo pronunciado no evitó que ella se acercara a él cuando Noah le tocó el hombro y tampoco evitó que su cuerpo se apretara contra el suyo o ni que los labios de Jena respondieran a la silenciosa petición de besos.

Al fin, tuvieron que detenerse para recuperar el aliento.

–Si esto fuera real, preferiría estar besándote en tierra, para que pudiera verte el cabello sobre los hombros, para que pudiera tocarlo, sentirlo y acariciarlo entre mis dedos. Lo encuentro fascinante...

–Si esto fuera real, probablemente me quitaría el gorro –replicó ella–, pero, como no tengo electricidad para poder utilizar un secador, todavía lo tendría húmedo por la mañana. Así que, como no es real, como no va en serio, tendrás que conformarte con tocar el gorro.

Se dejó llevar por un segundo beso, sintiendo la suavidad de sus labios, gozando con las caricias de la lengua de Noah y preguntándose por qué besar a un hombre podía resultar tan delicioso cuando los últimos besos que había compartido habían tenido el atractivo de besar a un pez muerto.

–¿Te estás concentrando? –preguntó él, levantando la cabeza para mirarla a los ojos.

–No. Es decir... Esto no es nada serio... No es nada que los dos deseemos. Es más como un experimento, ¿no es verdad? Sin embargo, resulta agradable... Mucho mejor que besar a un pez muerto.

Noah se echó a reír y lo hizo con tanta fuerza que tuvo que soltar a Jena.

–¡Bueno, me alegro de haber ganado a ese pez! –exclamó. Entonces, la tomó de la mano y la llevó a la orilla.

–Podríamos ser amigos –sugirió ella.

–¿Tú crees? –preguntó Noah, con el mismo cinismo que cuando había hablado de los médicos.

–¡No hay razón para que no sea así! Después de todo, vamos a trabajar uno al lado del otro durante algunas semanas y a vivir juntos durante unos pocos días. ¿No sería más fácil que fuéramos amigos en vez de discutir todo el tiempo?

–Los amigos no se besan del modo en que nosotros acabamos de hacerlo. Así... ¿te acuerdas?

Entonces, le quitó el gorro de baño y enredó los dedos entre su cabello, para luego acercar la cabeza de ella a la suya. Con un dulce suspiro, Jena lo besó, gozando al notar la firmeza de su cuerpo contra sus suaves curvas, la humedad de su piel contra su ardor.

–No nos seguiremos besando –le dijo, cuando se pararon para respirar–. Es decir, no tenemos por qué hacerlo, ¿verdad? Ninguno de los dos quiere una relación en estos momentos, así que, probablemente, es mucho mejor que no lo hagamos.

–Sí, es mucho mejor que no lo hagamos –susurró él, acariciándole de nuevo el cabello. Sin embargo, por primera vez desde que lo conocía, Jena notó cierta inseguridad en su voz.

–¿Por qué estás tan en contra de las relaciones sentimentales? ¿Es que has tenido alguna mala experiencia? –le preguntó ella, mientras empezaban a regresar hacia la cabaña.

–¿Estás preguntándome eso por pura curiosidad o porque de verdad quieres saberlo?

–Solo estaba tratando de entablar conversación, pero me gustaría saberlo. Es decir, si vamos a ser amigos, ese es el tipo de cosas del que podríamos hablar.

–Bien.

Sin embargo, no le dijo nada. Se limitó a iluminar el sendero con la linterna. Jena lo siguió, preguntándose si tendría la intención de hablar más tarde.

Noah siguió avanzando por el sendero. Tenía el cerebro tan confundido que no podía hablar. ¿Por qué diablos, cuando una mujer le había dicho muy claramente que lo último que deseaba era una historia de amor, no se había detenido y la había besado? Incluso cuando lo había comparado, favorablemente, con un pez muerto, lo había vuelto a hacer. Y encima quería hablar.

En cuanto a lo de ser amigos...

–Voy a preparar café –anunció, cuando llegaron a la cabaña–. Primero voy a sacar el resto de mis cosas de mi coche.

–Te ayudaré –se ofreció ella. Entonces, se dirigió al vehículo tras él.

–Puedes llevar la caja. Yo me encargaré del frigorífico. Los McDonald tenían sus propias cosas, así que insistieron en que no querían nada mío...

En aquel momento, ella se inclinó a su lado para agarrar la caja y, sin darse cuenta, le mostró el escote y el nacimiento de sus hermosos pechos

¿Amigos?

Jena tenía razón. No podían seguir con las espadas en alto cuando tenían que vivir en un lugar tan pequeño por la noche y verse todos los días en el mismo lugar de trabajo.

Había tenido amigas antes... Aunque nunca había deseado con tanta fuerza besarlas.

Agarró con una mano el colchón plegable y luego

el pequeño frigorífico y se dirigieron juntos hasta la casa. Se dijo que lo único que tenía que hacer era dejar de besarla. Sin embargo, daba tanto gusto besarla...

Además, besar a alguien no implica que se vaya a formar algo tan complicado como una relación... ¿No?

Entraron en la casa y, tras soltar el colchón, Noah llevó el frigorífico hasta la pequeña cocina. Entonces, se volvió. Vio que la caja estaba encima de una de las sillas, pero no había rastro de su anfitriona.

Seguramente estaba en el cuarto de baño cambiándose de ropa. Respiró aliviado, ya que aquella había sido una de las imágenes que más lo había atormentado aquella tarde. Se puso a llenar la cafetera de una de las botellas de agua mineral. Entonces, encontró las cerillas y encendió el gas. No podía dejar de pensar en su piel, en sus dedos flotando sobre el agua y no pudo evitar preguntarse cómo sabrían.

«¡Ya basta!», se dijo. Además, en aquel momento acababa de oír que ella había salido del cuarto de baño. Cuando miró hacia la puerta, decidió que habría sido mejor verla cambiarse de ropa que de aquella manera, con un vestido largo, de una tela tan fina que, con la luna detrás, no ocultaba en modo alguno los contornos de su cuerpo. Aquella prenda era un tormento, puro y simple.

–¿Qué? –preguntó ella, entendiendo bien su reacción–. Me cubre de la cabeza a los pies. Es de algodón y no se me ciñe al cuerpo. ¿Qué es lo que miras?

–Es... Nada, no es nada –mintió–. Es que entraste tan sigilosamente que me sorprendió.

–¿Es que pensaste que era un fantasma? –bromeó.

Jena se acercó a él y, afortunadamente, se colocó al otro lado de la lámpara de manera que ya no se le transparentaba nada.

–Bueno, ¿vas a responder mi pregunta? –preguntó

ella, mientras Noah seguía preparando el café. Cuando terminó, sugirió que salieran de nuevo al exterior, con cuidado de ir él el primero para evitar que el vestido volviera a transparentársele delante de sus ojos–. ¿O vas a seguir evitándola?

–Eres como una de esas moscas pegajosas. No importa el número de veces que uno las aparte con la mano, siempre parecen regresar.

–Supongo que no me puedo quejar con qué animal me compares, habiéndote comparado yo antes con un pez muerto –replicó Jena, entre risas.

–Por supuesto que no, aunque me gustaría saber algo más sobre el pez en cuestión. Presumo que te gustó algo sobre ese hombre como para que te decidieras a besarlo.

–Oh, en realidad no era ningún hombre en particular, solo una generalización sobre el efecto de algunos besos.

–En lo que, sin duda, eres una experta, ¿verdad?

–¡Por supuesto! –dijo ella, alegremente–. He tenido los de pez mojado, los trituradores, y los de lengua de serpiente. De hecho, a menudo me he preguntado por qué no se ha investigado más al respecto. Ya sabes que se puede decir algo de las personas por el modo en que se sientan o en el que estrechan la mano o los colore que uno se pone, pero, ¿qué hay del análisis de besos?

Noah quiso preguntarle a qué categoría pertenecía él, pero como tal vez no le gustara la respuesta, se contuvo. Sin embargo, aquella incesante charla sobre besos le estaba afectando más de lo que le hubiera gustado.

–En ese caso –dijo, esperando sonar menos nervioso de lo que se sentía–, tal vez esta proximidad forzada venga bien. Tal vez, como tú eres evidentemente una experta en la materia, puedas darme algunos consejos sobre lo que les gusta a las mujeres en cuanto a besos. Por supuesto, solo como amigo.

–No sé –respondió ella, tras un insoportable silencio–. Como maestra probablemente sería un fracaso. Además, la mayor parte de las cosas que sé son porque las he oído. Me imagino que los buenos besos tienen que empezar muy dentro del alma y crecer con los sentimientos. No se trata solo de técnica.

–Sin embargo, estoy seguro de que la técnica también cuenta –protestó Noah, viendo que la esperanza de volver a besarla se iba difuminando poco a poco–. Podríamos practicar esa parte...

De repente, ella se terminó el café de un trago y se puso de pie.

–Creo que lo pensaré con la almohada –dijo ella–. Tengo una pequeña lámpara de pilas con la que suelo leer, así que tú te puedes quedar con la de gas.

Noah vio cómo ella se metía en la cabaña. Oyó que se movía por la habitación y por fin, cómo la lona crujía con su peso.

Cuando él entró en la cabaña, Jena estaba sentada en la tumbona y se estaba haciendo una trenza en el cabello.

–Es una pena que este castillo no tenga una torre –murmuró–. Podríamos haber jugado a Rapunzel y al príncipe.

–Mi cabello no es tan largo como el de Rapunzel. Y, aunque no estoy segura de que no seas un ángel, no creo que seas un príncipe.

Noah se echó a reír. Entonces, agarró su bolsa de aseo y se metió en el cuarto de baño, decidido a recuperar la compostura. Tal y como iban las cosas hasta aquel momento, con su imaginación a punto de empezar a hervir, no podría dormir aquella noche.

Jena se despertó al amanecer con la sensación de no estar sola. No tardó en recordarlo todo y entonces, levantó cuidadosamente la cabeza de la almohada y miró al otro lado de la habitación.

Noah seguía dormido. Lo miró atentamente, o, al menos, lo que veía de él. Tenía el oscuro cabello alborotado, pero el rostro relajado. Los hombros, anchos y fuertes, eran los propios de un nadador. Por la facilidad con la que nadaba, suponía que lo había sido en el pasado. En conjunto, era un hombre muy guapo.

¿Por qué habría renunciado a un buen puesto en la capital? ¿Qué le habría ocurrido que se resistía tan empecinadamente a tener una relación?

Entonces, como si el escrutinio de Jena le hubiera despertado, abrió los ojos y la miró directamente.

—Dímelo tú primeo —dijo él. Jena supo enseguida de lo que estaba hablando—. Luego, hablaré yo.

—Mis razones son sencillas —respondió ella, incorporándose en el catre—. Tengo un nuevo desafío delante de mí. Bueno, espero tenerlo. Este trabajo debería demostrarlo. Ese desafío me tendrá meses alejada de mi hogar. Creo que todas las relaciones, especialmente al principio, necesitan nutrirse mucho. Son como semillas, que requieren más atención que las plantas ya crecidas. Estar lejos durante largos periodos de tiempo lo pone todo en peligro. Por eso, en estos momentos, no quiero ninguna complicación en mi vida, especialmente a nivel personal.

—No tienes muy buena opinión de los hombres, ¿verdad? —murmuró Noah, sentándose también sobre la tumbona—. Peces muertos, trituradores... Encima, nos tachas de «complicaciones». Me cuesta creer que pueda haber tanto cinismo en un envase tan bello.

Jena sonrió. Entonces, se levantó y se acercó a la puerta para admirar el lago con los primeros rayos del sol.

—Es precisamente este envase tan bello, si es así

como quieres llamarlo, lo que no... Es una de las causas del problema. Muchas personas no se molestan en mirar más allá.

–Pues cuando te pones en el umbral de la puerta, yo puedo verlo todo con mucha claridad –gruñó él. Jena se sonrojó. Sabía perfectamente a lo que se refería.

Ella se giró y volvió rápidamente a la cama. Entonces, agarró una sábana y se envolvió con ella. A continuación, fue corriendo hasta la puerta trasera que llevaba al cuarto de baño. Un poco de agua fría la ayudaría a recuperar el equilibrio.

–¿Seguimos siendo amigos? –preguntó Noah minutos después, cuando ella salió.

–Podrías haberme dicho que se me transparentaba tanto el camisón.

–¡Pero si lo hice! –exclamó él, con una sonrisa.

Jena se conformó con una amenaza a media voz que le hizo sonar como una colegiala. Se acercó a la cama y se quitó la goma del cabello para soltarse la trenza. Entonces, agarró un cepillo y empezó a desenredarse el pelo, como hacía todas las mañanas.

Noah se preparó un poco de fruta y de cereales para desayunar y se lo llevó al porche. Al menos allí no tendría que observar un gesto tan íntimo. Podría controlar mejor sus pensamientos si no la estaba observando.

Para cuando Jena salió al porche, vestida, pero con el cabello suelto, Noah había conseguido recuperar el equilibrio.

–¿Cuál es el desafío que podría verse arruinado por un hombre?

–¡Por cualquier complicación, no necesariamente por un hombre! –exclamó ella, con su desayuno en las manos–. Y no te lo puedo decir porque todavía no es oficial. Los nuevos proyectos de televisión siempre es-

tán envueltos por el secreto por temor a que otra cadena de televisión se adelante con una idea similar.

–¿Y tanta paranoia no te repugna?

–No es nada comparada con la paranoia de los dise-
ñadores de moda –respondió ella, riendo–. A la mayoría de ellos les gustaría cortarles la lengua a las modelos para que sus secretos sobre las nuevas colecciones
estén a salvo hasta el día del desfile –añadió, mientras
se tomaba sus cereales–. De hecho, estaba tan acostumbrada a todo esto que lo del mundo de la televisión
me pareció algo totalmente normal.

–Hmm...

–Ahora te toca a ti.

–Tal vez en otra ocasión –murmuró, cuando se dio
cuenta de que tendría que hablarle de Lucy. En aquellos momentos no quería hablar de ninguna otra mujer.

Sin embargo, podría hacerlo sobre Amy...

Estaba todavía considerando la posibilidad cuando
un sonido poco familiar rompió el silencio.

–¡Maldita sea! Es mi teléfono móvil. Seguro que es
Matt. Se supone que tengo que llamarle por teléfono
todas las mañanas para asegurarle que he pasado otra
noche sin novedad. ¡Siempre se me olvida!

Jena se levantó, y se dirigió al interior de la cabaña
para hablar con más intimidad.

Estaba seguro de que había algo entre ella y Matt.
Tal vez aquel era el proyecto que mantenía tan en secreto. ¿Se habría decidido a transformar la soltería de
la estrella de la televisión en un feliz matrimonio?

Noah sintió una profunda tristeza en el corazón,
pero se recordó que aquello no era asunto suyo. De hecho, tal vez era algo bueno que Matt fuera el proyecto.
Tal vez incluso podría ayudarla a alcanzar su obje-
tivo...

Ayudar a Jena a conquistar a Matt, dada su legendaria aversión al matrimonio, podría resultar divertido. Y también una dulce venganza por lo de Bridget Somerton.

–Pareces estar muy contento para ser alguien que va a llegar tarde a trabajar si no se cambia de ropa en los próximos minutos.

Aquellas palabras le sacaron de sus pensamientos y le hicieron ver que la venganza no sabía tan dulce como había esperado. Rápidamente, se metió en la casa, se afeitó con agua fría y, tras lavarse más o menos, se vistió rápidamente con su ropa limpia.

–Voy a instalar en ese baño una ducha como sea.

–Eso estaría bien. ¿Podrías organizar también un depósito nuevo y rezar para que lloviera y se llenara?

–Bueno, sé que no será fácil, pero...

–Además, el agua saldrá fría a menos que puedas poner un calentador –comentó ella, mientras se metían en el coche–. ¿No me dirás que el generoso impulso que te hizo ceder tu casa a Greg y a Rose está perdiendo fuerza?

Noah podría haber respondido que sí, porque así se hubiera librado de tener tanto contacto con aquella hermosa hechicera.

–¡No! –respondió.

Entonces, en caso de que ella no hubiera recibido el mensaje con suficiente claridad, lo repitió más firmemente.

–¡No!

Capítulo 10

EL TRAYECTO hacia el hospital comenzó en silencio, pero Jena no lo pudo soportar durante mucho tiempo.

—Te toca a ti —le recordó a Noah—. Yo te lo he contado a ti. Ahora, tú me lo cuentas a mí.

—¿Y si te dijera que no quiero?

—No sería justo —replicó Jena. Él dio un profundo suspiro—. ¿Para quién compraste la casa?

—¿Qué casa? ¿Qué quieres decir con eso?

—Ya sabes qué casa, en la que Carla y sus amigas están viviendo temporalmente. No es la clase de casa que un hombre compraría para vivir solo, así que tiene que haber una mujer en la historia por alguna parte.

—Las moscas pegajosas no son nada comparadas contigo... Bueno, está bien. Tengo una amiga, una amiga muy especial... De hecho, estuvimos algunos años teniendo algo... mucho más que unos...

—¡Vaya! ¡Parece una relación estupenda! —replicó ella—. ¿Algo? ¿Algunos años? ¿Se trata de una historia de amor o una conveniente relación sexual? ¿Cómo lo describe ella? ¿Utiliza las mismas palabras o incluye la temida palabra «amor» por algún lado?

—Realmente no es asunto tuyo, pero me has preguntado. Si no te gusta la respuesta, lo siento.

—De acuerdo, tienes razón. Sin embargo, si os iba tan bien, ¿por qué la evitas ahora?

—No te rindes, ¿verdad? En realidad, supongo que tu

reacción me ha molestado porque ha descrito en palabras lo que Lucy trató de decirme... sobre algo que faltaba en nuestra relación. Yo creí que ella se refería al matrimonio, al compromiso, a un futuro juntos, así que compré esa casa, le pedí que se casara conmigo de rodillas, con el anillo y todo lo demás... Y ella se echó a reír.

—Pero, ¿qué era lo que ella buscaba?

—Aparentemente, nada de lo que yo quería. A menudo yo había hablado de mudarme a una ciudad más pequeña, porque creo que es un mejor ambiente para los niños. Ella nunca dijo que no le pareciera bien, ni siquiera lo dejó caer...

—¿Y?

—Aparentemente, había creído que no hablaba en serio. Es una mujer muy ambiciosa, también médico, y asumió que a mí me interesaba tanto como a ella ascender en la profesión. De hecho, dio por sentado que, después de los años que pasé en Urgencias, me especializaría en cuidados intensivos. Cuando le dije que había decidido dejar el hospital y que me trasladaba a Kareela, me dijo que debía estar loco.

—Entonces, ¿dimitiste, conseguiste un nuevo trabajo, compraste una casa sin decirle nada a la mujer a la que estabas a punto de declararte? Ya entiendo lo del «algo». Para ser dos personas que llevaban juntas tanto tiempo, no os conocíais demasiado bien. ¿Cómo fue que estabais tan equivocados el uno sobre el otro?

—Yo creí que la conocía.

—Seguramente ella también pensó que te conocía a ti, hasta que tú le informaste que os mudabais al campo. ¿Qué fue lo que te dijo?

—Me dijo que estaba loco Entonces, trató de convencerme para que cambiara de opinión y, finalmente, me dijo que, de todos modos, la relación se había convertido en algo muy monótono, tanto que había tenido alguna aventura a mis espaldas. Acabó diciéndome que sería muy buena idea que yo me viniera aquí. Que tal vez si pasábamos un año separados, viendo a otras personas, podríamos recuperar lo que nos había atraído al principio.

—Que seguramente fue sexo —le espetó Jena, secamente—. Bueno, ¿y qué vas a hacer cuando termine este año? ¿Vas a regresar mansamente a la ciudad, y, si ella no ha encontrado a nadie que le guste más, vas a continuar con una relación que no os ofrecía lo suficiente ni para que os entendierais?

—¿Y qué ser humano entiende a los demás?

Noah se sentía furioso. Tal y como lo había explicado Jena, parecía algo patético. Su comportamiento, visto a través de los ojos de otra persona, debía resultar digno de lástima. Debería haber terminado con Lucy antes de marcharse a Kareela en vez de aceptar su sugerencia.

—¡La mayoría de la gente al menos lo intenta! ¡Y tú debes sentir cierta empatía con los seres humanos para ir regalando casas por ahí tal y como haces!

—¡Yo no doy casas!

En aquel momento entraron en la ciudad. Noah sintió en su interior una fuerte tensión que pensaba que había dejado atrás. Entonces, Jena le dio un suave golpe en la rodilla.

—Creo que es una casa muy bonita y que Lucy hubiera sido muy afortunada. ¿Estaba ya decorada cuando la compraste o elegiste todo tú mismo?

—Contraté a una decoradora.

Aquel había sido el primero de sus fracasos después de Lucy. Sally le había sido recomendada por un amigo. Ella se había mostrado muy simpática con él, pero luego cometió el error de contarle la reacción de Lucy con respecto a la hermosa casa que ella había creado. El empeño que la decoradora hizo por consolarle debería haberle enseñado la lección que más tarde aprendió con Linda. ¡Era mejor mantener bien separadas la vida profesional y la personal!

Y evitar todas las relaciones hasta que él supiera lo que quería, lo que significaba que tenía que dejar de besar a Jena. Ella misma le había dejado muy claro que también prefería su trabajo a una relación.

—Por cierto —dijo Jena, de repente—, Carla me dijo que había una biblioteca. ¿Sabes dónde está?

—Pasaremos por delante de ella de camino al hospital. ¿Qué planes tienes para hoy? Es decir, aparte de seguirme por todas partes...

—Tal vez hoy no lo haga —replicó ella—. Quiero pasar más tiempo con las enfermeras y ver cómo es un día normal para ellas. Entonces, haré lo mismo con el resto del personal. Tengo mucho que hacer.

—¿Sí?

—¿Por qué no nos das una oportunidad? Si te relajaras un poco, tal vez podrías empezar a disfrutar la emoción que hay en el ambiente cuando se está preparando un programa de televisión. Diversión... ¿Te acuerdas de eso?

—Esa es la biblioteca —comentó él, sin prestar atención alguna a la puya de Jena—. Creo que está abierta todos los días, pero una de las empleadas de la oficina podría decirte mucho más. ¿Querías saber algo en especial?

—Sobre las estatuas —dijo ella. Al final, se apiadó de él y le explicó el porqué.

—Supongo que te das cuenta del trabajo extra que va a suponer. No sé por qué el ayuntamiento celebra un desfile en Kareela. Me apuesto algo a que es para que la gente vaya a la calle principal y gasten dinero. Creo que la Navidad es demasiado comercial...

Jena dejó que gruñera, mientras trataba de comprender la extraña personalidad de aquel hombre. Era generoso, lo que se demostraba por cómo prestaba sus casas sin dudarlo, pero no parecía sacar placer alguno de ello. ¿Sería aquella generosidad una penitencia de alguna clase?

Además, estaba el dinero que le había ofrecido la cadena de televisión para que cambiara de opinión, pero no le parecía un hombre avaricioso...

Estaban ya entrando en el aparcamiento del hospital, pero Jena decidió hacer la pregunta de todos modos.

–El dinero extra que te ha ofrecido mi productora, ¿lo querías para el proyecto de rehabilitación de drogadictos? ¿Cuesta dinero? Sé que las chicas viven en tu casa ahora, pero no me has dicho si hay otra casa para después. ¿Tendrán que alquilarla? Al menos, ¿no deberían tratar de ser económicamente independientes cuando se hayan librado de las drogas?

–Tantas preguntas y tan poco tiempo –replicó él, señalando al equipo de Jena–. ¿Las has guardado para el último minuto o se te acaban de ocurrir?

Jena no respondió. Estaba demasiado ocupada pensando en las consecuencias que tendría que su equipo la viera bajar del coche de Noah Blacklock.

¡Maldita sea!

No había razón alguna para que se lo dijeran inmediatamente a Matt, pero seguramente se pensarían lo peor y le darían más de un dolor de cabeza.

–¡Maldita sea! –exclamó, aquella vez en voz alta. Entonces, se dio cuenta de que Noah le había estado diciendo algo y que ella no le había prestado atención–. Lo siento. ¿Podemos hablar sobre todo eso esta noche? Es mejor que vaya a organizar a todos esos y que evite que sus sucias mentes se pongan a pensar sobre tú y yo. Pensé que ya estarían arriba, preparando los decorados.

Abrió la puerta del coche y se sorprendió mucho cuando Noah apareció al otro lado para sujetársela.

–¿Te veré en algún momento durante el día? –le preguntó. Había un brillo en los ojos de Noah que le hizo muy difícil a Jena poder responder.

–Supongo que sí –respondió, a duras penas.

Entonces, sin previo aviso, se inclinó sobre ella y, antes de que la joven pudiera apartarse, la besó en los labios.

–Si van a hablar, es mejor que les demos algo sobre lo que hacerlo –murmuró él.

–¡Maldita sea! –exclamó Jena, cuando pudo recuperar el habla.

Después, se agachó para poder pasar y se dirigió hacia la puerta lateral. Los miembros del equipo no hacían más que guiñarse los ojos y darse codazos.

Noah entró en el hospital a través de la consulta de pacientes externos. Se alegraba de que hubiera sido el equipo de televisión, y no el personal del hospital, los que los hubieran visto llegar juntos. Solo llevaba allí cinco meses y, aunque conocía a todo el mundo, no se podía decir que hubiera hecho amigos. Tal vez Rhoda...

La mujer apareció como si la hubiera llamado, acercándose a él enseguida.

–Linda Carthew te está buscando. Está en el vestíbulo. Yo diría que quiere hablarte sobre el desfile. Me he dicho que quería sacarlo a colación ayer, durante la reunión, pero que tú evitaste el tema. Aparentemente, el consejo quiere que el hospital, y su personal, participe.

–¿Cómo? –preguntó Noah, atónito.

–Estoy segura de que ella te lo dirá –replicó Rhoda, riendo. Entonces, se marchó.

Unos minutos después, Linda se lo aclaraba todo.

–Pensamos en una carroza. Podría ser como una sala de hospital, pero en plan divertido. Ya lo he hablado con Jeff y le parece una idea estupenda.

Noah se imaginó la escena, pero se contuvo para no hacer un gesto de protesta.

–No creo que tenga tiempo para hacerlo –dijo. Entonces, se acordó del plan de Carla y lo aprovechó como excusa–. He prometido que ayudaría a las chicas que están en mi casa a montar algo. Quieren darle así las gracias a la ciudad.

–Estoy segura de que el hospital debería tener prioridad sobre tu tiempo, Noah.

–Durante mis horas de trabajo, por supuesto, pero ayudaré a las chicas en mi tiempo libre y el desfile es en sábado. Y no estoy de guardia, Linda.

La mujer se dio la vuelta y se marchó. Con cada paso, indicaba lo furiosa que estaba.

–Te odia mucho, ¿verdad?

Jena apareció detrás de Noah.

–En parte, podría ser culpa mía. Cuando llegué a la ciudad, me invitó a cenar y yo di por sentado que lo estaba haciendo en nombre del consejo. A cambio, yo la invité también a cenar. Hay un maravilloso restaurante al lado del río y fuimos allí. Entonces, el grupo de teatro local estaba representando una obra y ella tenía entradas...

–Y la acompañaste y luego la dejaste tirada. ¡Y dices que solo es culpa tuya en parte!

–¡Yo no la dejé tirada! Es una expresión horrible y da por sentado que hubo una relación antes de la separación. En nuestro caso, no fue así. De hecho, en cuanto me di cuenta de lo que estaba ocurriendo, le dije que no estaba interesado en una relación en aquellos momentos.

–Bueno, al menos has aprendido de la experiencia. A mí me lo dijiste casi en el mismo momento en que nos conocimos... o, al menos, cuando empezamos a vivir juntos. Sin embargo, creía que tu año lejos de Lucy era precisamente para eso, para que conocieras a otras personas, para que tuvieras otras relaciones...

Con aquellas palabras, le dedicó una descarada son-

risa y empezó a subir las escaleras. Sus hermosas piernas fueron subiendo los escalones de dos en dos hasta
que dobló la esquina del rellano.

Entonces, Noah fue a su despacho para asegurarse
de que no había nada urgente que necesitara su atención y empezó con sus rondas. La infección de garganta de la señora Burns estaba respondiendo por fin a
los antibióticos, la señora Nevins tenía mucho mejor la
tensión y el pequeño Toby quería terminar la partida
de ajedrez que habían estado jugando a ratos libres antes de irse a casa. El resto de los pacientes parecían estar bien. Todo parecía estar tranquilo.

De repente, se oyó el sonido de la sirena de una ambulancia. Noah fue corriendo hacia las Urgencias. Se
encontró con Marion y con un camillero, que salían a
recibir la ambulancia.

—Se trata de una mujer embarazada que se ha puesto
de parto prematuramente —les dijo el conductor de la
ambulancia, cuando se bajó para abrirles la puerta trasera.

Allí, había un enfermero que estaba tratando de
tranquilizar a la mujer.

—Se llama Minnie Cooke —les explicó—. El niño no
debía nacer hasta febrero. No hace más que decirme
que el bebé tiene que esperar hasta entonces porque el
destino ha decretado que tuviera el niño bajo el signo
de Acuario. Le hemos puesto un goteo y la hemos mo-
notorizado para controlar al bebé.

En aquel momento, mientras sacaban la camilla, la
mujer se aferró a la mano de Noah y le suplicó:

—Por favor, no deje que pierda a mi hijo.

Noah sintió que el corazón le daba un vuelco. Entró
al lado de la camilla en urgencias. En aquel momento,
apareció Jena en escena.

—Haremos lo que podamos —le prometió él a Minnie–, pero tú tendrás que ayudarme. ¿Sabes de cuántas semanas estás? ¿Quién es tu ginecólogo?

La mujer suspiró.

–No sé de cuántas semanas estoy y no tengo ginecólogo. Solo sé que mi hijo tenía que haber nacido a primeros de febrero.

Un rápido cálculo matemático le indicó a Noah que el bebé era demasiado prematuro. Al ver el aspecto desharrapado de la mujer y su vestimenta hippie, comprendió por qué la mujer no tenía médico. Seguramente vivía en las colinas, con otros miembros de su comunidad.

Noah leyó la información que había escrito el enfermero de la ambulancia. Aunque las contracciones eran frecuentes, el corazón del niño latía con fuerza.

–¿Sabes por qué ha podido ocurrir esto? –le preguntó a la mujer–. ¿Te has sentido mal últimamente?

–Llevaba algunos días sintiéndome más cansada que de costumbre, pero no creí que fuera nada hasta que, anoche, me empezaron los dolores.

–Bueno, pues esto es lo que vamos a hacer ahora –le dijo–. Para empezar, te vamos a examinar para asegurarnos de que efectivamente estás de parto, aunque trataremos de retrasarlo. Al mismo tiempo, le administraremos un tratamiento que ayudará al niño a respirar y a evitar complicaciones en caso de que no podamos detener el parto.

–¡No quiero tener a mi hijo ahora!

–Nosotros tampoco queremos que nazca.

Tras el examen, comprobó que había dilatado unos centímetros.

–Te haremos una ecografía para asegurarnos de que el bebé está bien protegido por líquido y ver cómo está tu hijo –le dijo Noah.

–Tal vez deberíamos mandarla a la capital –sugirió Marion.

–Vamos a ver si podemos estabilizarla primero. Después de todo, sería mucho peor que diera a luz en el helicóptero y es una pena mandarla tan lejos de su casa. Además, tenemos una incubadora en caso de que dé a luz. Entonces, los trasladaremos a ambos a la ciudad.

La ecografía mostró a un feto pequeño, pero en buen estado. No presentaba anormalidad alguna, por lo que Noah se mostró convencido de que podrían tener a Minnie en Kareela un poco más.

–Voy a administrarte sulfato de magnesio para tratar de evitar que se produzca el parto –afirmó Noah–. Mantendremos al bebé conectado a unos monitores para que podamos controlar su corazón y habrá una enfermera siempre a tu lado por si los dolores de parto se hacen más frecuentes. Sin embargo, si lo prefieres, podríamos llevarte a Brisbane. Allí tendrías especialistas para ti y para tu hijo en caso de que los necesitaras.

–No quiero ir a Brisbane. Al menos si no es absolutamente necesario.

Marion asintió, como si quisiera decir que Noah tenía razón, y empezó a prepararlo todo. Entonces, trasladó a Minnie a una de las habitaciones.

En aquel momento, apareció de nuevo Jena. Noah iba de camino al laboratorio para analizar unas muestras que había tomado para comprobar que no había problema alguno para empezar con la medicación.

–A Marion le pareció que me interesaría ver lo que vayas a hacer ahora –dijo ella.

–Voy a analizar estas muestras.

Entraron juntos en el laboratorio. Noah empezó a preparar las muestras, mientras que Jena aprovechaba cualquier oportunidad para mirar por el microscopio.

–No es nada emocionante, como ya te he dicho. Si quieres más acción, deberías haber ido a un hospital de la capital.

–No buscamos acción, sino autenticidad. Se trata de mostrar en la serie el contraste que hay entre la vida real y una serie de televisión. Lo que grabemos aquí se comparará con una escena similar de un programa de ficción.

–A mí me parece una comparación entre la leche y el champán. Es decir, entre lo aburrido y lo especial. ¿Y creen que esa idea se va a vender? –preguntó Noah, mientras seguía analizando.

–Eso dice el estudio de mercado, aunque no tengo ni idea de a quién eligen para que responda –admitió Jena, con una sonrisa.

–¡Vaya! ¿Noto una ligera desaprobación hacia la industria que te paga? –comentó Noah, mientras volvía a salir del laboratorio. Naturalmente, Jena lo siguió.

–Es la realidad. Bueno, ¿qué le va a pasar a Minnie?

–Voy a ponerle una medicación y administrarle suero. Luego, solo podemos mantenerla en observación y esperar lo mejor.

–Eso último no me parece muy profesional.

–No, pero todos lo hacemos ¿verdad?

Jena asintió. Entonces, se dirigió al vestíbulo y empezó a subir la escalera. La desilusión le hizo rechinar los dientes como una nota equivocada en un recital de música.

Capítulo 11

CUANDO Minnie estuvo instalada tan cómoda como fue posible, Noah recordó que había prometido a Jena instalarle una ducha en la cabaña de Matt. Por eso, telefoneó al fontanero que estaba trabajando en la casa de su tía.

—Aquí ya he terminado —dijo el hombre—. De hecho, creo que Fred va a hacer que el inspector venga esta misma tarde. En cuanto haya dado el visto bueno, esas chicas podrán venir a vivir aquí.

«Y yo podré volver a la ciudad», pensó Noah.

No sabía si sentirse alegre o triste por aquella noticia. Rápidamente, le dijo al fontanero lo que quería. El hombre le prometió que habría terminado la instalación para las seis de aquella tarde como máximo.

—¿Hoy? —preguntó Noah, incrédulo—. En la ciudad tendría que esperar al menos una semana para que alguien se lo pensara y otras dos para que me hiciera el trabajo.

—Por usted, doctor, sería capaz de posponer otros trabajos, aunque esta tarde no tengo ninguno. Esta ciudad está muy agradecida que haya venido. Una población de este tamaño necesita un hospital al que la gente pueda acudir sin tener que ir constantemente a la capital.

Noah le dio las gracias y colgó, satisfecho de ver que se confirmaban sus puntos de vista sobre los pequeños hospitales. Entonces, sonrió al ver la reacción de Jena al tener una ducha funcional, aunque con agua fría, cuando llegara a casa.

¿A casa?

Aquella palabra despertó en él connotaciones que no quería considerar. Decidió pensar solo en la sonrisa de agradecimiento con la que Jena le recompensaría.

—¿Que es un qué? —preguntó Jena, al ver el depósito verde sobre el porche de Matt.

—Es un tanque. La ducha está dentro, en el cuarto de baño. Pensé que te gustaría... —añadió. Jena seguía sin sonreír—. Ya te dije que lo arreglaría.

—¡No quiero una ducha! ¿Qué va a pensar Matt? Su reacción más inmediata será: «Te lo dije». Decidirá que no puedo acampar en cualquier sitio y se me escapará mi oportunidad. ¡Tendrás que librarte de eso! ¡Ahora mismo! ¡Hoy mismo! Y si viniera... No es muy probable, pero podría hacerlo. ¿Qué ocurrirá entonces? ¿Y mi trabajo?

—¿Cómo puede una ducha hacer que pierdas un trabajo? —preguntó él, sin entender.

—¡Se supone que debo demostrar algo, estúpido! Demostrar que puedo vivir sin comodidades, que puedo superar las condiciones más adversas. Entonces, primero te vienes a vivir conmigo, lo que borra de un plumazo la posibilidad de que puedo vivir en un lugar aislado y ahora me instalas una duda de agua caliente y fría. ¿Crees que encontraría algo parecido en el desierto?

—Solo es de agua fría. ¿Te ayuda eso? —sugirió él—. Por cierto, ¿qué desierto?

—¡Cualquier desierto! —le espetó ella. Entonces, se bajó del todoterreno y se acercó al depósito como lo haría un animal que ha descubierto un intruso en su territorio.

Noah se bajó también del vehículo y se acercó a ella.

–¿Me lo podrías explicar un poco más? Deduzco que vivir en esta cabaña es una prueba que Matt te ha puesto. ¿Por qué?

–Para probar que puedo vivir sin comodidades, sin preocuparme de cosas como no tener ducha o de estar sola.

–¿Y cómo va a saber nadie que puedes hacerlo? ¿Es que tienes cámaras vigilándote?

–No se trata de eso. Matt me lo sugirió por mi propio bien. Para que pudiera estar segura de mí misma... De hecho, creo que él también quería asegurarse. Dio por sentado de que me comportaría honradamente y no lo engañaría... ¡Por eso me deja en tan mal lugar que tú estés aquí!

–¿Se trata de otro desafío televisivo?

–No puedo hablar de ello, pero sí. Hay un desafío de por medio.

–¿Y se esperará de ti que vivas sola? ¿En un desierto?

–En un desierto, en una selva, en una isla desierta... ¡en cualquier parte!

–¿Para demostrar qué?

–¡Se trata de un programa de entretenimiento! –exclamó ella. Sin embargo, Noah sospechó que la pregunta le había molestado.

–¿Y es eso lo que quieres hacer? ¿Entretener a la gente viviendo en condiciones deplorables? Debes desearlo mucho para haber aceptado realizar esta estúpida prueba de Matt.

–¡No es una estúpida prueba! Tenía que saber que me las puedo arreglar sola.

–¿Y puedes?

–No creo que esa sea la cuestión –replicó ella. En aquel momento, se dio la vuelta y se marchó.

Noah la siguió, sin poder evitar admirar su elegante contoneo. Debería haberse quedado en la ciudad y haber pasado la noche en un motel. Habría estado más cerca de Minnie, que, aunque estable, tendría que permanecer en el hospital durante unos días, tal vez una semana antes de darle el alta.

En aquel momento, Jena volvió a salir de la cabaña, vestida con su traje de baño y la camisola transparente que parecía resaltar, en vez de ocultar, los deliciosos contornos de su cuerpo.

Si la casa de su tía pasaba la inspección, podría volver a su casa en un par de días. Aquello, a pesar de su obligación moral con Greg y Rose, sería lo mejor, aunque sin duda, se preocuparía por el bienestar de Jena.

¿Iría Matt a verla? A pesar de sus protestas, ¿estaría ella esperándolo? Pensar que Jena se podría casar con Matt Ryan le hizo sentirse enfermo. Rápidamente, entró en la casa. Iría a nadar, pero no habría besos.

Nada de besos.

Noah decidió que no besarla era mucho peor que hacerlo. No dejaba de recordar los besos que habían compartido mientras nadaba cerca de ella, lo suficiente como para ver cómo el agua se deslizaba por su cuerpo.

–Esta noche haré yo la cena –sugirió–. Tengo lo necesario para preparar salsa para pasta. ¿Te gusta la pasta?

–Preparar la cena no me hará olvidar el hecho de que has instalado un depósito sin mi permiso –replicó ella, con frialdad–, pero sí, me gusta la pasta.

La tortura continuó cuando Noah regresó a la cabaña, mucho tiempo después de ella. La encontró sentada en el porche, con las piernas sobre la barandilla. Llevaba puesto un pantalón corto y una camisa. Se estaba secando el cabello con una toalla. Noah tuvo que contenerse para no arrebatársela y secárselo él mismo. A duras penas, consiguió llegar al cuarto de baño, donde pasó mucho tiempo bajo la ducha fría. Mientras tanto, se recordaba todas las razones por las que él no quería una relación sentimental. ¡Ni ella tampoco!

—¿Has encontrado en la biblioteca lo que estabas buscando? —preguntó Noah, cuando salió al porche, después de dejar en el fuego la salsa para la pasta. Se había puesto una camisa, pero seguía con el bañador puesto por si necesitaba un chapuzón para refrescarse más tarde.

—Sí y no. Encontré un libro estupendo, pero no puede tomarlo prestado porque no resido aquí de modo permanente y no tengo carné de la biblioteca.

—Te prestaré el mío. Te lo daré mañana.

—Me estás ayudando mucho, para ser alguien que cree tan poco en la alegría navideña.

—Yo no he dicho eso. En realidad, tengo una razón. Me preguntaba si yo podría colaborar con vosotras y salir también en el desfile

—¿Que quieres salir en el desfile con las chicas? ¿El hombre que cree que todo el asunto es ridículo y que la Navidad está demasiado comercializada?

—Tengo mis razones.

—Sí. Que alguien te sugirió que formaras parte de la carroza del hospital y tuviste que encontrar una excusa. Está bien. Vamos a empezar a ensayar mañana a las seis y media, si quieres venir. Sin duda, sabes cómo llegar a la casa.

—¿Que vais a ensayar para ser estatuas? ¿Acaso no se necesita solo quedarse muy quieto? ¿Y qué hay que ensayar?

—Si quieres formar parte, tendrás que venir a verlo.

—Lo haré.

Jena notó algo de reserva en su voz y se preguntó si ya se estaba lamentando de haberse presentado. Sin embargo, pintar de oro o plata el hermoso cuerpo de Noah Blacklock podría resultar divertido. O peligroso...

Él se marchó para terminar de preparar la cena.

Cuando terminaron de comer, Jena le preguntó:

—¿Qué te parece la vida en una ciudad tan pequeña como esta?

—Interesante, aunque mis abuelos maternos vivieron aquí, así que venía a visitarlos a menudo de niño. Además, solíamos pasar las vacaciones de Navidad al lado del lago. Conocía la ciudad muy bien.

—¿Sigue siendo como la recordabas?

—Ya volvemos a los interrogatorios, ¿verdad, Jena? Como esta mañana dejé una docena de tus preguntas sin responder, ahora vuelves a insistir.

—¿Qué preguntas? ¡Ah, sobre la casa y las chicas! Sí, eso también lo quiero saber, pero sigamos por el momento con la vida en Kareela. ¿Es lo que esperabas?

—Hasta ahora, he ido de desastre en desastre. Primero, el rechazo de Lucy. Luego, las discusiones para crear la casa de acogida. A continuación, ver que un médico era lo último que Finch esperaba para su hospital... Para serte sincero, creí que Linda me habría ayudado a solucionarlo todo, pero...

—En vez de eso, te ayudó a recordar los peligros de verse metido en una relación...

—Supongo que sí.

Estuvieron unos momentos en silencio, contemplando el lago. Al final, Jena volvió a romper el silencio.

—Háblame de la casa de acogida. Me dijiste que Lucy pensó que estabas loco al ceder así tu casa de la ciudad. Eso implica que no llevas mucho tiempo en este proyecto, porque si no ella no se habría sorprendido tanto.

–Mi única motivación para entrar en el proyecto fue una niña de trece años a la que no pude salvar –confesó él, de repente.

Aquellas palabras sorprendieron a Jena y, durante un momento, lamentó haber preguntado tanto.

–Trece años es una edad demasiado temprana para morir –dijo ella, al fin.

–Demasiado. Eso hizo que mi incapacidad para salvarla fuera aún peor.

–Estoy segura de que nadie espera que los médicos salven a todos sus pacientes.

–Nadie excepto el propio médico.

–¡Eso es ridículo! ¡Y una locura! Nadie podría trabajar adecuadamente bajo un nivel de presión tan fuerte. Seguramente sabías antes de graduarte que los médicos no son invencibles, que no pueden cambiar el destino o derrotar completamente a la muerte.

–No. Yo no me creía Dios, pero Amy era muy joven y sentí que debía haberla salvado. Había estado en el hospital antes, tras ingerir drogas de baja calidad. Había hablado de empezar un programa de rehabilitación y, de repente, volvió otra vez. Hice todo lo que pude, pero era demasiado tarde. Era como si su corazón no quisiera seguir latiendo, como si no tuviera razón para luchar... Fue aquel desperdicio de una vida lo que más me afectó. Era todavía una niña, pero no había tenido tiempo de vivir una verdadera infancia.

En aquel momento, notó una leve presión en los dedos. Jena le había tomado la mano, para que le contara la historia completa de Amy. Vio que corrían lágrimas por sus hermosas mejillas.

–La última vez, tenía un billete de lotería en la

mano –añadió–. Me lo dio antes de morir. Y gané mucho dinero.

–Pero tú lo gastaste en ese centro de rehabilitación de Brisbane, ¿no? Para así poder ayudar a otras Amys –concluyó ella.

–La mayoría no quieren que se les ayude. Para otros ya es demasiado tarde. Sin embargo, los que consiguen superar el programa necesitan un lugar en el que volver a vivir una vida normal...

–¿Quisiste supervisar también esa parte del proceso? ¿Por qué decidiste venir a Kareela? ¿No podrías haber seguido en Brisbane?

–Ni necesitaba ni necesito verme implicado en absoluto. De hecho, no lo estoy. En cuanto al programa de Brisbane, el dinero de la lotería está en un fondo y con sus intereses se paga a personal especializado. Hacer que la gente deje la droga está más allá de mis capacidades. Y de mi paciencia.

–Pero la casa está aquí...

–¿Te ha dicho alguien alguna vez que serías una estupenda interrogadora? Yo tenía otra casa en Brisbane, que estaba a punto de vender y que me reportó dinero más que suficiente para comprar otra en Kareela, por todas las razones que ya conoces. Así que dejar que la gente del centro de rehabilitación se hiciera cargo de mi casa de estudiante no fue un gran sacrificio... Resulta difícil comprender lo que ha sucedido cuando han ocurrido tantos cambios en tan poco tiempo. No. No tenía que estar aquí por tener que implicarme con el programa, pero sé que la gente en esta situación sigue siendo muy vulnerable después de hacer la rehabilitación. Siguen estando en contacto con sus consejeros, pero necesitaban a alguien que pudiera escucharlos cuando las cosas se pusieran difíciles. Entonces, mi tía me dejó su casa y todo pareció encajar. Más tarde, el dinero del programa de televisión me vino muy bien para crear un fondo de mantenimiento para la casa de Kareela...

–Pero seguramente se lo comentaste a Lucy en algún momento. Ella debió sospechar lo que estabas haciendo...

–Ella sabía lo del fondo y lo de mi casa de Brisbane
–¿Y lo comprendió?

–Claro. La casa de acogida vino después, cuando decidimos separarnos.

–Durante un año –apostilló Jena–. Cuando, si lo desea, tú volverás a su lado con que solo tire de un hilo.

–No es así en absoluto –le espetó él–. Lo dos necesitábamos un tiempo separados para averiguar lo que sentíamos el uno por el otro.

–Estoy segura de que eres lo suficientemente inteligente como para darte cuenta de lo estúpido que suena eso. Si os quisierais, no podríais estar ni un minuto separados. ¿Y quién va a ceder? ¿Vas a ser tú el que deje de pensar que el campo es el mejor lugar para criar a los hijos o va a ser ella la que empiece a pensar que una estupenda casa en Kareela es mejor que una carrera profesional en un hospital de la ciudad?

–¡Y tú eres la que hablas! ¿Cuál es tu meta? ¿Ir de desierto a bosque, demostrando que las mujeres pueden ser tan valientes como un hombre?

–¡No es una meta! Es simplemente un trabajo que me gustaría poder realizar.

Entonces, sonrió dulcemente y comentó que, si él había preparado la cena, lo justo era que ella fuera la que recogiera los platos. Se levantó y se marchó, dejando tras de sí una soledad que Noah no pudo entender. Al final, terminó por entrar él también en la cabaña.

Jena estaba esperando que una olla de agua se calentara al fuego para poder fregar. Noah se sentó a su lado. Entonces, él le tocó el cabello.

—Todavía lo tienes mojado —murmuró—. ¿Se te enredará mucho si no se seca antes de que te acuestes?

—Me haré una trenza y mañana lo tendré ondulado —musitó Jena, a pesar de que sentía la boca llena de deseo por aquella caricia.

—Yo podría hacerte la trenza, o frotártelo, para ayudar a que se te seque.

—Puedo soportar los nudos en el pelo —replicó ella, a pesar de que le temblaba algo la voz—. Son los nudos en mi vida los que me crean dudas.

—A mí también.

A pesar de todo, la besó suavemente en el cuello, donde la piel de Jena parecía arder bajo sus labios. Ella se giró y se abrazó a él. Sintió que él apagaba el gas y recibió sus besos con un deseo que había estado conteniendo demasiado tiempo.

—No quiero implicarme demasiado —le recordó Noah.

—Yo tampoco.

De repente, casi sin darse cuenta, empezó a despojarle de la camisa mientras él trataba de soltarle el broche del sujetador.

—¿Podríamos considerar esto como una aventura de una sola noche? —preguntó Noah, mientras le acariciaba suavemente los pechos.

Las sensaciones que Jena sentía entre sus muslos le sugerían que una aventura podría no ser suficiente, pero, a pesar de todo, asintió.

—Tal vez dos —le corrigió—. Una breve aventura.

—Eres tan hermosa —susurró él, acariciándole el rostro.

—Tú tampoco estás mal —respondió ella, tocándole suavemente los hombros, el pecho y el vientre.

—Estás entrando en terreno peligroso, si no quieres ir más allá...

—¿Quién está seduciendo a quién? —preguntó ella, enganchándole los pulgares en la cinturilla del bañador.

—¡Pero si ni siquiera hay una cama decente! —exclamó él. A pesar de todo, no pudo resistirse y volvió a acariciarle los pechos, haciendo que se le irguieran los pezones con los dedos y creando en ella una agonía tan deliciosa que casi no podía respirar.

—Es una aventura de una noche...

Noah la tomó entre sus brazos, como si estar separado de ella pudiera romper aquel hechizo. No obstante, consiguió hacer una cama con su colchón plegable y el fino colchón de espuma que ella tenía. Entonces, la urgencia se apoderó de ellos y les hizo despojarse rápidamente de la ropa. Brazos y piernas se entrelazaron, exploraron lo que les hacía gozar y lo que no, hasta que la tensión los llevó a un cataclismo que los dejó temblando al uno en brazos del otro.

Jena dejó que la abrazara, pero, poco a poco, el silencio dejó paso a las dudas y a la confusión.

Sin embargo, no se arrepentía de nada.

—Bueno, ha sido divertido —dijo, apartándose un poco de él.

—¿Divertido? ¿Eso es todo?

Noah deslizó los dedos suavemente sobre su pecho. Aunque evitó tocarle el pezón, consiguió alertarle los sentidos que ella había creído agotados durante al menos dos horas. Su creciente excitación fue alimentando el deseo de él. Sin embargo, Noah se contuvo, y siguió atormentándola con sus caricias hasta que ella tuvo que reprimir un gemido de deseo.

—Divertido... —murmuró, hasta colocarse casi encima de ella—. Muéstrame lo divertido que puede ser. Tócame y dímelo...

Aquella vez hicieron el amor lentamente, prolongando las sensaciones. Fue tan intenso y agotador que los temblores del orgasmo casi no habían dejado de hacer vibrar el cuerpo de Jena cuando ella se quedó dormida.

Se despertó con el canto de los pájaros, con un cálido cuerpo cubriéndole la espalda. Sintió que él estaba despierto, pero que estaba muy quieto para no despertarla. Jena se acurrucó contra él.

—Estás pidiendo guerra. Ya vamos un poco retrasados con respecto a nuestro horario para ir al trabajo —gruñó él—. Por cierto, la casa de mi tía está terminada. Yo podría hacer que las chicas se cambiaran y volver a mi casa hoy mismo.

Aquello era un adiós.

—Y yo me quedaría aquí, sola. Como debe ser, si quiero cumplir la prueba de Matt.

—Ha sido una noche estupenda, rubia —susurró Noah, tomándola con fuerza entre sus brazos.

—Muy divertida.

Jena se levantó y fue al cuarto de baño. Agradeció la ducha, pero sabía muy bien que el agua fría no serviría para borrar los recuerdos de aquella noche, ni para anestesiar el dolor que le embargaba el corazón. ¿Por un hombre que casi no conocía?

«Pon los pies en la tierra, Jena», pensó, regañándose a sí misma.

Capítulo 12

CUANDO Jena salió de la ducha, envuelta en una toalla, Noah ya no estaba. Tras mirar por la puerta, comprobó que su coche todavía seguía allí, así que dedujo que estaría nadando.

Se vistió rápidamente, aunque sospechaba que ni siquiera una armadura podría protegerla si volvían a besarse de nuevo

Noah regresó cuando ella estaba tratando de tomarse unos cereales. Venía con su bañador y una camisa, pero el primero estaba completamente seco.

–He ido a ver a Greg y a Rose –explicó, antes de seleccionar la ropa que se iba a poner y meterse en la ducha.

Jena pensó que, si aquella tensa cortesía continuaba, se alegraba de que él regresara a la ciudad.

–Además, los dos decidimos que sería una aventura de una noche –se recordó. Entonces, salió al porche para ofrecer los cereales a los pájaros.

Se preparó una taza de café y, armada con un cuaderno, un bolígrafo y sus gafas, salió de nuevo al porche. Empezaría a hacer un resumen de un día típico en el hospital de Kareela.

Se sentó en una de las sillas de Noah y se quitó las sandalias para colocar los pies sobre la barandilla. Entonces, comenzó a escribir.

Cuando Noah salió de la ducha, completamente vestido, la vio. «Se ha vuelto a poner esas malditas gafas», pensó. La observó durante un momento y sacudió la cabeza. Aunque él quisiera una relación, que no era el caso, Jena no quería estar con él.

A pesar de que no tenía mucho apetito, tomó un ligero desayuno, pero lo hizo en el interior de la cabaña.

—¿Estarás lista dentro de dos minutos? —le preguntó, tras haber pospuesto el momento en que se tendrían que meter juntos en el coche todo lo posible.

—Claro.

Vio cómo se levantaba y guardaba todo en su bolso. Entonces, inclinó la cabeza y, milagrosamente, se recogió el cabello en lo alto de la cabeza, dejando que unos graciosos mechones le cayeran a ambos lados. Entonces, entró en la cabaña.

—Le dije a Greg que volvería a visitarlos el sábado. ¿Te parece bien si recojo el resto de mis cosas entonces?

Estaba tratando de abrochar las correas del colchón plegable, cuando oyó un ruido que tomó por una afirmación. Para cuando se montaron en el coche, Noah estaba más tranquilo, o eso creía, hasta que vio lo que ella llevaba puesto. Unos estrechos pantalones piratas, que dejaban al descubierto unas pantorrillas, que, la noche anterior, habían estado rodeando su cuerpo. Sin poder evitarlo, se llevó una mano al pecho para tratar de controlar los latidos de su corazón.

—Si me pudieras dejar el carné de la biblioteca cuando lleguemos al hospital, podría ir a ver los libros que hay. Me gustaría tener algo que hacer...

¿Algo que hacer? ¿Es que no había significado nada la noche anterior? ¿No le había dado recuerdo alguno que pudiera quedarle en la memoria?

Noah musitó unas palabras de afirmación y se concentró en la carretera. Después de un trayecto en coche que le pareció interminable, llegaron por fin al aparcamiento del hospital. Entonces, cuando se echó mano a la cartera, notó que, con las prisas, se la había dejado en la cabaña.

–Rhoda te prestará su carné para la biblioteca –dijo, negándose a confesar su olvido. Ya encontraría tiempo de recuperar la cartera más tarde.

Jena se preguntó qué habría ocurrido para que no le prestase su carné, pero decidió no mencionar nada.

–No solo te prestaré mi carné –le aseguró Rhoda–, sino que te daré un poco de dinero para que me hagas un favor. ¿Te importaría ir a Davidson's y escoger algunos adornos navideños para los pabellones? He revisado lo que tenemos aquí y, por lo que parece, los ratones han estado anidando entre ellos. Está todo para tirarlo.

Después de ver cómo iba su equipo con los decorados, salió al aparcamiento y se metió en su coche.

Afortunadamente, arrancó a la primera. Su conciencia le decía que debía quedarse en el hospital, investigando un poco más, pero estar allí suponía estar cerca de Noah y, en aquellos momentos, necesitaba distancia.

Siempre había sido muy responsable con su trabajo y no era que sus deberes en el hospital no le parecieran importantes. Su trabajo le resultaba muy satisfactorio y las posibilidades que le ofrecía eran ilimitadas... Entonces, ¿por qué ese mundo le parecía menos atractivo?

Noah regresó al pabellón de hombres después de comer. Había comenzado el día con una llamada telefónica al inspector local, quien le había asegurado que la casa de su tía estaba en regla. Como, dado el horario de las muchachas, era demasiado tarde para hacer que se mudaran aquel mismo día, decidió que él mismo podría quedarse en casa de su tía durante un par de noches para que las chicas se pudieran trasladar el fin de semana.

Hizo su ronda y dio el alta a Toby, recomendó fisioterapia para Colin y, ya en el de mujeres, prometió a la señora Burns que le daría el alta para el fin de semana. Después de visitar a Minnie, que seguía estable, volvió a su despacho y terminó con el papeleo.

Antes de comer, había decidido volver al lago para recoger no solo su cartera sino el resto de sus cosas. Era consciente de los peligros de volver allí cuando estuviera Jena. Había optado por llevarse también el frigorífico y sus provisiones para no herir su sentido de la independencia.

Por eso, cuando se la encontró subida en una escalera a la puerta del pabellón de los hombres, colocando una guirnalda verde y roja encima de la puerta, se quedó de piedra.

–¿Qué estás haciendo? –le preguntó.

–¿Quieres adivinarlo? Te daré varias opciones. ¿Me estoy peinando, duchándome, preparando la cena o colocando adornos navideños? –bromeó ella.

Colin Craig había colocado su silla de ruedas al pie de la escalera y tenía una caja con adornos sobre las piernas escayoladas y se rio con ganas por el comentario de Jena.

Noah no prestó atención alguna y decidió ir a ver a sus pacientes. A su espalda, la oía hablar y bromear con Colin. Tuvo que contenerse para evitar decirle que se concentrara en lo que estaba haciendo por si terminaba cayéndose. De hecho, levantarla en brazos del suelo no estaría mal. Cuando la tuviera contra su pecho...

Trató de concentrarse de nuevo en su trabajo y decidió ir a visitar a otros pacientes. Salió por el pabellón de mujeres, para no tener que pasar de nuevo al lado de Jena.

—¿No vas a decir nada? —le preguntó Jill, señalando los adornos que decoraban las paredes—. También vamos a poner un árbol en el vestíbulo. Es el viejo de siempre. Aparentemente, a los ratones no les gustó el sabor de su plástico.

Aquella explicación no tenía ningún sentido para Noah, como la mayoría de las cosas que hacía aquel día. Volvió a su despacho porque una propuesta para crear un hospicio en la zona necesitaba su atención. Al menos, la que pudiera darle.

Cuando terminó de trabajar y salió al aparcamiento, el coche de Jena ya no estaba. Sin embargo, al ver una nota bajo el limpiaparabrisas, sintió que los nervios se le aceleraban.

Te esperamos esta noche en tu casa a las seis y media si quieres participar en el desfile con Carla y el resto de las chicas.

Miró el reloj y vio que ya eran las seis y media. Tendría que darse prisa si quería evitar las narices postizas y la jeringuilla gigante que le había propuesto Linda. Para ello, tendría que ver a la única mujer que quería evitar, pero ¿cuántos ensayos se necesitaría para ser una estatua?

—¡Muchos! —le aseguró Jena a Suzy, que le había hecho la misma pregunta poco después de que llegara Noah.

—¿Por qué? —preguntó Davo.

—Porque creo que nos saldrá mejor. Yo os enseñaré. Vamos Carla, Suzy, y tú también, Will. Poneos de pie y quedaos como si fuerais una estatua —añadió, colocando a los jóvenes en diferentes posturas.

Cuando los tres habían estado quietos durante tanto tiempo que Noah se empezó a preguntar si ella los habría hipnotizado, Jena exclamó:

–¡Ahora!

Entonces, ellos cambiaron de postura y tomaron la que antes había estado realizando uno de sus compañeros. De nuevo, quedaron completamente inmóviles.

–De acuerdo –dijo Jena después de unos momentos–. Ahora relajaos. ¿Qué os parece? –añadió, refiriéndose al grupo–. ¿No os parece que lo de cambiar de postura de ese modo lo hace más interesante?

Todos estuvieron de acuerdo con ella, incluso el propio Noah. Después de todo, Jena lo estaba tratando como uno más del grupo. Entonces, abrió unos libros que había sacado de la biblioteca y les mostró unas fotos de estatuas. Los jóvenes las reprodujeron y bromearon un poco, empujándose los unos a los otros, pero se volvieron a quedar en silencio cuando Jena habló de nuevo.

–No es algo fácil y tiene que hacerse muy bien para que resulte bonito. Nadie se va a impresionar si las estatuas se mueven o se rascan la nariz. He hablado con los carpinteros de mi cadena y van a preparar una carroza que se pueda enganchar a la parte trasera de mi coche. Será una simple plataforma con unas columnas de cartón. Vosotros posaréis entre ellas.

–¿Nos podrías dejar los libros? –preguntó Suzy.

–Tal vez podrías regresar la semana que viene para ver cómo vamos –añadió Will–. Después de todo, el desfile es el sábado por la noche. Ya no queda mucho.

Jena accedió, y, tras darles algunos consejos más, dijo que se marchaba.

–¿Por qué no te quedas a cenar? –le sugirió Carla.

–No. Prefiero irme a casa.

–Dado que nadie me ha invitado a mí a cenar, es

mejor que yo también me vaya a mi casa –dijo Noah. Inmediatamente, los chicos empezaron a pedirle que se quedara.

–¡Estaba bromeando! Tengo que volver al hospital durante un rato

–Gracias por venir –dijo Davo, algo avergonzado–. Y por todo. Por esta casa, por el programa y por ayudarnos. Sabemos que no te gusta que lo digamos, pero te estamos muy agradecidos.

Antes de marcharse, Jena observó cómo él aceptaba los cumplidos con dificultad. En realidad, le costaba mucho aceptar cualquier cosa.

–¿Estás segura de que estarás bien sola en la cabaña? – preguntó Noah, cuando salieron de la casa.

–Claro que sí

Estaría mucho mejor lejos de él, de la tentación de tocarlo, de besarlo, de suplicarle una noche más...

Aquellos pensamientos evitaron que oyera lo que él le estaba diciendo.

–Lo siento. Estoy algo despistada. ¿Qué me decías?

–Me preguntaba si te gustaría cenar conmigo. Para cuando llegues al lago, será demasiado tarde para cocinar.

–No, gracias –respondió ella, a pesar de que le hubiera gustado.

–Seguramente tienes razón –admitió él. Sin embargo, aunque estaban al lado del coche de Jena, ninguno de los dos se movió–. Les he dicho a los chicos que se pueden quedar aquí hasta el fin de semana. Yo voy a estar en la casa de mi tía hasta entonces. ¿Quieres venir a verla?

–Pensé que los dos habíamos acordado que era solo una aventura de una noche...

–Y crees que si estamos juntos en un lugar que no sea público perderemos el control, ¿verdad?

–Es más que probable, sí.

En aquel momento, Noah empezó a acariciarle suavemente el brazo. Jena se echó a temblar, pero las palabras que oyó a continuación la dejaron aún más fría.

–¿Crees que sería posible tener una aventura de solo dos noches?

–¡Ni hablar! –le espetó.

Sabía que si pasaba otra noche con Noah, si volvía a hacer el amor con él, las dificultades que estaba experimentando se multiplicarían. Entonces, él asintió y apartó la mano.

–Cuídate –murmuró.

Al día siguiente, le resultó imposible evitar a Noah en el trabajo. Era un día de operaciones y Jena quería ver todo lo que le fuera posible. Aquello sería para lo que utilizarían el decorado del quirófano. Decidió que tendría que olvidarse de los recuerdos de su noche de pasión...

Sin embargo, estar pegada a Noah en el pequeño quirófano no la ayudó en absoluto a hacerlo. Consiguió terminar otro día más y regresar a su cabaña. Decidió que la soledad y el dolor que le provocaba su ausencia era mejor que estar cerca de él, deseando sus caricias.

El sábado, mientras paseaba por la orilla del lago, se encontró con Greg, Rose y las niñas. Jena ayudó a las pequeñas a construir un castillo de arena mientras sus padres se daban un baño.

Cansadas de la arena, las niñas le pidieron por medio de señas que se tumbara. Empezaron a cubrirla de arena. Estaban tan entretenidas que Jena pudo cerrar los ojos y pensar en Noah.

No entendía por qué, conociéndole desde hacía tan

poco, lo encontraba tan atractivo. Por mucho que pensaba, no encontraba explicación alguna. Se negaba a creer que existiera el amor a primera vista. Creía firmemente que primero se conoce a una persona y luego el amor va desarrollándose poco a poco.

Cuando se dio cuenta, estaba completamente cubierta de arena, solo con el rostro visible. Estaba tratando de liberarse, cuando dos largas piernas se acercaron a ella.

–Sé que el cristal se hace de arena. ¿Es esto una variación del ataúd de cristal de la Bella Durmiente?

Antes de que pudiera contestar, las niñas fueron a saludar a Noah. Entonces, lo llevaron al agua para que nadara con ellas y dejaron allí a Jena, enterrada y olvidada.

En realidad, consiguió liberarse con facilidad, pero al ponerse de pie vio que tenía arena pegada por el cuerpo y en el pelo.

Se acercó lentamente al agua y se preguntó si se podría meter lo suficientemente lejos para poder quitarse el biquini y retirar la arena que tenía dentro.

Estaba todavía considerando aquella posibilidad cuando vio que las niñas estaban chapoteando con Noah. Greg y Rose habían salido del agua y estaban sentados en la orilla.

Por fin, decidió meterse en el agua e ir nadando hacia la cabaña de Matt. Se había dejado allí su toalla y su camisola antes de encontrarse con los McDonald. Sabía que resultaba un poco grosero marcharse sin despedirse, pero no le importó. Se merecía por lo menos un par de días sin Noah a la semana.

Él no pasó a verla, aunque Jena lo había esperado y temido al mismo tiempo. Tampoco lo vio el domingo, así que el lunes estaba tan tensa que había decidido que verlo era mejor que no verlo, a pesar del dolor que aquello le provocaba. Fue pronto al hospital para que todo estuviera preparado cuando llegara el resto del equipo.

Clint Miles, que iba a ser el narrador de la serie, ya estaba allí, charlando con Linda Carthew en el vestíbulo. Al mirarlos, a Jena le pareció que Linda podría haber encontrado a alguien que la consolara del rechazo de Noah.

–¡Querida! –exclamó Clint, al verla, dándole también un abrazo justo en el momento en el que Noah entraba en el vestíbulo–. ¿Has sobrevivido a tanta vida salvaje? No me lo podía creer cuando Matt me contó que te había puesto una prueba tan estúpida. Me mostró la cabaña una vez y sé que es un desastre.

Jena se limitó a sonreír. Su vida en la cabaña no era nada comparada con sus problemas personales, que se acababan de agravar al ver el gesto que Noah había puesto al verla en brazos de Clint. Jena se excusó ante Clint y subió las escaleras.

Noah la vio irse y supo que estaba escapando. A él le hubiera gustado hacer lo mismo, pero decidió acercarse al recién llegado, que Linda le presentó. Tras saludarlo, decidió marcharse a hacer sus rondas, pero, aparentemente, no había escapatoria.

–No puedes empezar la ronda hasta que llegue un cámara –le dijo Rhoda. Entonces, le presentó a Rod y le dijo que él iba a ser el director

–Jena nos advirtió que molestáramos lo menos posible, por lo que, aunque parezca imposible, solo utilizaremos un cámara para seguir tus rutinas diarias –afirmó Rod.

Noah asintió. En aquel momento, Jena apareció de nuevo, seguida de un hombre que llevaba una cámara al hombro.

–Tenemos que hacer la ronda –sugirió Rhoda–. Y debemos empezar ya mismo.

Noah miró a su alrededor, tratando de conectar de nuevo con la realidad. Sin embargo, aquello no le ayudó mucho. Todas las pacientes llevaban camisones nuevos.

—Bueno, no esperarías que iban a dejar que las filmaran con esos horribles camisones del hospital, ¿verdad?

Se dio cuenta de que aquello se lo había susurrado Jena. ¡Esperó que no pudiera leer todos los pensamientos que estaba teniendo!

De algún modo, consiguió superar el día, aunque, para la hora de comer, le quedaba muy poca paciencia. Por eso, a las cuatro y media, cuando estaba a punto de marcharse antes de la hora a su casa y alguien sugirió que lo filmaran en el decorado de su despacho, se negó en redondo y se fue al laboratorio con el pretexto de que tenía que analizar unas muestras.

—Podríamos filmarte allí —sugirió Rod.

—Vas a estar aquí quince días —le espetó Noah—. Tendrás tiempo más que suficiente.

Rod pareció quedarse atónito, pero cuando Noah le dio con la puerta en las narices, no le quedó mucho que pudiera hacer.

Entonces, alguien llamó a la puerta muy levemente. Convencido de que era Rod, Noah la abrió de par en par, dispuesto a decirle las cuatro verdades a aquel hombre tan persistente.

Solo que no era un hombre, sino una mujer. La única mujer que no quería ver.

Capítulo 13

PUEDO entrar? –preguntó Jena, desde el umbral–. No quiero molestarte si estás trabajando de verdad, pero si solo te estás escondiendo, me gustaría darte una explicación.

Aunque la belleza de Jena lo arrollaba cada vez que la veía, aquella tarde fue esa inseguridad lo que le afectó más. Noah extendió la mano y, tras agarrarla del antebrazo, tiró de ella y volvió a cerrar la puerta.

–¿Explicarme qué? –replicó, furioso por la debilidad que sentía por ella.

–Sobre la presión a la que mi equipo te está sometiendo. Como las navidades están tan cerca, esperan terminar antes, incluso conseguir toda las grabaciones que necesitan esta misma semana.

Aquello debería haberlo alegrada. Una semana en vez de dos, pero solo siete días más con la presencia de Jena. La tristeza de su corazón le negó el derecho a poder alegrarse.

–¿Es sugerencia de ellos o tuya? –quiso saber él, extendiendo la mano para agarrar uno de los mechones que enmarcaban su hermosa cara.

–Eso es peligroso –susurró ella, dando un paso atrás.

–Muy peligroso –replicó él, tomándola de todos modos entre sus brazos–. Supongo que no reconsiderarías ese paso adelante en tu carrera que hacer que un lío amoroso sea imposible, ¿verdad?

–Lío era tu palabra. Complicación era la mía. Y tú no quieres tener un lío amoroso, ¿te acuerdas?

–Podría cambiar de opinión.

–¿Tratarme como si yo fuera una especie de prueba en tu relación con Lucy?

–Es una tontería, ¿no te parece? –susurró él, sintiendo que se iba excitando por lo que solo era un abrazo puramente sexual.

–¡Efectivamente! –exclamó ella. Entonces, se apartó de él–. No me refería a que tengas que filmar más escenas esta noche. Solo quería que supieras lo que ellos estaban pensando. Que están tan ansiosos por deshacerse de ti como tú de ellos. Según Rod, el tiempo se calculó en exceso, así que tú no deberías sufrirlos tanto tiempo. Hasta mañana.

Entonces, Jena se dio la vuelta, abrió la puerta y se marchó. Sin embargo, el gesto de sus hombros sugería que le entristecía tanto marcharse como a Noah que ella se marchara.

La semana pasó rápidamente. Noah presentó sus excusas para no tener que ir al ensayo de las estatuas, sabiendo que ver más a Jena fuera del trabajo sería una tortura que no podría soportar. A pesar de todo, invitó a todos a una barbacoa al día siguiente para que le mostraran lo que habían ensayado. Necesitaba e estar con ellos en el desfile para evitar tener que ponerse una nariz postiza.

–Ella no estará aquí si los de televisión se marchan antes de lo previsto –replicó Noah, cuando Carla le dijo que Jena lo haría pedazos si no lo hacía bien.

–Se va a quedar –explicó Suzie–. Aparentemente, se ha apostado con su jefe que puede aguantar tres semanas en esa vieja cabaña del lago, y se quedará tanto si el equipo ha terminado como si no. Nos viene bien, porque así podrá ir a Brisbane a comprar la pintura para el cuerpo que necesitamos.

Noah oyó las palabras, pero no prestó atención. Estaba muy ocupado tratando de decidir por qué pensar que Jena se iba a marchar le causaba tanta tristeza. Verla en el hospital era una tortura. Debería alegrarse de que se fuera...

La explicación a este hecho no se le ocurrió hasta la semana siguiente cuando se dio cuenta de que la tortura de no ver a Jena era mucho peor que la de verla. Solo se le ocurrían tres palabras para describir aquella semana. Angustia, agonía, pena...

Recordó que, cuando hablaron de lo ocurrido con Lucy, ella le había dicho algo sobre que no hubieran podido estar ni un minuto separados. Jena había estado describiendo el amor, o mejor dicho, las reacciones de alguien enamorado...

—El Departamento de Sanidad nos ha pedido que remitamos una petición más detallada del hospicio que estabas considerando —le dijo, de repente, Jeff Finch.

—¿Están interesados? —preguntó Noah, olvidándose de sus pensamientos.

Jeff asintió y sonrió. Su animadversión hacia él parecía haber desaparecido, pero Noah no tardó mucho en comprender por qué. Si conseguían los fondos para el hospicio, tendrían más dinero para que Jeff lo administrara, para que expandiera su pequeño imperio...

—No me gustaría que estuviera dentro del hospital, aunque, por supuesto, estaría de todos modos bajo tu autoridad, Jeff.

—¿Podemos ponernos con ello enseguida?

—Esta misma tarde me viene bien.

Sabía que había otro ensayo de las estatuas, pero, a pesar del dolor de no ver a Jena, sabía que aquello era lo mejor.

—Bueno, esta tarde he prometido a los carpinteros que iría a ver la carroza. Ya sabes que la producción de la cadena accedió a que fueran ellos los que nos ayudaran a hacerlo.

Aquello era obra de Jena y Noah lo sabía. Había utilizado la carroza del hospital como excusa para que los carpinteros se quedaran en la ciudad y terminaran también la carroza de los chicos.

Como ya no encontró más excusas, decidió que sería una tontería evitarla. Iría al ensayo. Estaría cerca de ella y sufriría las consecuencias después.

Sin embargo, ella no estaba. Cuando llegó a la casa de su tía, se encontró a todos los chicos. Suzy se empeñó en que empezaran sin Jena.

—¿Era hoy el día en el que iba a ir a Brisbane? —preguntó Noah, pensando que tal vez se hubiera retrasado un poco.

—No, eso era ayer —respondió Carla—. Hoy iba a quedarse en el lago. Los que están en tu cabaña querían ir a la ciudad y ella se ha quedado cuidando de las niñas.

Rápidamente, Noah presentó sus excusas para no ensayar. La ansiedad se había apoderado de repente de él sin que pudiera imaginar por qué.

Llegó al lugar del accidente al mismo tiempo que su teléfono móvil empezó a sonar. El hospital le avisaba de que lo iban a necesitar cuando llevaran a los heridos.

Se veía un autobús cruzado en la carretera y un pequeño coche bajo las ruedas del mismo. Había otro más, una vieja furgoneta, de costado y algunos vehículos más aparcados en el arcén. Afortunadamente, la policía había llegado ya y había empezado a dirigir el tráfico para que pudieran llegar las ambulancias.

–Soy médico, ¿qué puedo hacer?

–Hay algunas personas que todavía están atrapadas en el autobús y una mujer en muy mal estado en esa vieja furgoneta. Los enfermeros ya la han estabilizado y estamos esperando un helicóptero desde Brisbane para que la lleve a ella y al resto de los heridos graves al hospital de allí. Los menos graves irán a Kareela.

En aquel momento, se empezó a oír el sonido del helicóptero. Noah fue corriendo hacia el autobús.

–Aquí nos las podemos arreglar –le dijo un enfermero–. No se puede hacer mucho hasta que no hayan cortado el metal que los atrapa. ¿Puede ir a ver cómo está la mujer de la furgoneta?

Noah sintió la presencia de Jena antes de verla. Tal vez fue el suave aroma del jabón que utilizaba...

–¡Es Minnie, Noah! –susurró, con lágrimas en los ojos–. ¡Ha muerto!

Jena estaba sentada en muy mala postura bajo la furgoneta, que había volcado. Tenía la figura inerte de una mujer en el regazo.

–¿Cuándo ha sido? –preguntó él, tomando el pulso a la joven.

–Hace unos segundos, pero creo que también ha perdido al bebé –musitó ella, señalando una profunda herida en el pecho.

Noah sabía que no podía quedarse allí para reconfortar a Jena cuando había otras vidas que podrían estar pendiendo de un hilo.

–Tengo que ir a ver si puedo ayudar. ¿Quieres que te ayude a salir de allí?

–No. Esperaré un poco más. Todavía está lloviznando y no quiero que Minnie se moje.

Noah le acarició suavemente la mejilla y se marchó. Para cuando volvió al helicóptero, ya estaban montando en él a los heridos más graves. Como se había logrado acceder a muchos más, los servicios de emergencia estaban a pleno rendimiento y él colaboró reconociendo a los heridos y decidiendo cuáles eran los más graves.

Cuando terminaron de preparar en el helicóptero y en las ambulancias a los heridos que iban a ir a Brisbane, Noah sabía que tenía que ir tras las ambulancias que llevaban a los menos graves a Kareela. Seguramente alguien se habría llevado ya a Minnie, pero, ¿dónde estaba Jena? ¿Podría superar el shock de lo que había pasado?

–Nos vamos, doctor –le dijo uno de los enfermeros, para que los siguiera.

–Voy detrás –prometió.

Rápidamente se dirigió hacia su vehículo. Le atormentaba la idea de que Jena pudiera estar de camino hacia el lago, sola y cubierta de sangre, pero no podía ir con ella. Fue aquella noche, mientras trabajaba sin descanso en el hospital, cuando se dio cuenta de lo mucho que ella significaba para él. Lo mucho que la amaba.

Al alba, cuando hubo terminado, se duchó y se puso ropa limpia. Tras asegurarse de que tenía su teléfono móvil, se dirigió rápidamente hacia su vehículo. Entonces, llamó a Tom Jackson y le pidió que se hiciera cargo de las llamadas de urgencia hasta mediodía.

Sabía que era peligroso conducir cansado, por lo que se tomó su tiempo en llegar a la cabaña. Cuando por fin aparcó delante de la casa, vio que el viejo coche de Jena no estaba allí y que, en su lugar, había un pretencioso coche deportivo.

Una profunda amargura se apoderó de él. Sabía que era exactamente el tipo de coche que conduciría Matt

Ryan. ¡Jena había estado esperando que fuera a verla desde el principio!

Aquella revelación le resultó tan abrumadora que no pudo mover el coche y marcharse. Justo en aquel momento, vio que Matt salía de la cabaña y miraba el todoterreno de Noah como si quisiera ver quién iba en su interior.

La furia se apoderó de él. Abrió la puerta del coche y se lanzó contra el hombre que, de muchacho, tanto le había molestado.

—¡No es tuya! ¡Es mía! —rugió—. ¡Es mucho mejor de lo que tú te piensas, maldito egocéntrico!

Y, tal y como debía haber hecho tantos años atrás, le pegó un buen puñetazo a Matt en la nariz.

Le dolió mucho más de lo que podía imaginar, pero tuvo la satisfacción de ver que empezaba a sangrar. Entonces, entró corriendo en la cabaña para buscar a Jena, pero ella no estaba allí.

—¿Dónde está? —le gritó a un atónito Matt, que se limpiaba la cara con un pañuelo.

—Si estás hablando de Jena, no lo sé. Vine porque pensé que podría haberse disgustado al ver esto —añadió, sacándose una revista del bolsillo.

Completamente confuso, Noah miró la revista y vio que el artículo estaba encabezado por una enorme foto de Jena. El titular decía: *Las rubias sin cerebro no deben solicitar ciertos trabajos.*

Rápidamente, Noah leyó por encima el artículo y vio que se recogía los rumores sobre un nuevo programa de televisión que no iba a contratar a mujeres como Jena.

—¡No me puedo creer que haya gente que juzgue a los demás por su aspecto! —gruñó Noah—. Y tú debes de ser uno de ellos por haberla hecho que se quede aquí por una ridícula prueba.

–Necesitaba tener seguridad en sí misma. ¡Ahora ya sabe que puede hacerlo!

Antes de que pudiera seguir hablando, Noah volvió corriendo hacia su coche y decidió ir a buscar a Jena Estaría muy disgustada. ¿Dónde habría ido?

Fue a su casa, pero Greg y Rose le dijeron que no la habían visto desde el día anterior. Volvió al coche y leyó el artículo más detenidamente. El periodista mencionaba que Jena se había presentado a otro programa y que había sido rechazada. Luego, presentaba estadísticas sobre las pocas modelos que conseguían triunfar en otros campos. Lo que implicaba el artículo no dejaba lugar a dudas. A pesar de ser mujeres muy bellas, con cuerpos espectaculares, no eran demasiado inteligentes.

Muy indignado, Noah volvió a la ciudad. Entonces, se dio cuenta de que él mismo, con sus comentarios sobre las rubias y su actitud, había pensado así.

Pensó volver al hospital, pero sabía que tenía que dormir un poco antes de poder volver a trabajar. De mala gana, se fue a su casa.

Estaba tan cansado, que pasó al lado del coche de Jena sin darse cuenta de lo que aquello significaba. Jena estaba dormida en una de las tumbonas que tenía en el porche. Noah la miró, sonriendo, aunque la sonrisa se le heló en los labios cuando recordó que le había dado un puñetazo a su jefe y que seguramente habría perdido el trabajo que tanto había deseado...

–No quería estar sola –dijo ella, abriendo de repente los ojos.

–¡Estabas aquí! –exclamó él, tomándola entre sus brazos–. No quise tener que dejarte, no poder darte ánimos cuando más lo necesitabas...

–Tú has tenido que verlo tan a menudo... Ver gente a la que no podías salvar... Además, no estaba sola. Te sentía aquí, en tu casa. Sentía que estabas cerca de mí...

—Fui a buscarte a lago... ¡Y Matt Ryan estaba allí!

—¿Cómo? ¿Qué quiere?

—Verte

—Supongo que será sobre el trabajo —respondió ella, aunque no parecía estar tan emocionada como debería, teniendo en cuenta todo lo que había pasado para demostrar su valía.

—Creo que yo podría haberte estropeado la posibilidad de conseguirlo... Le dí un puñetazo.

—¿Que le diste un puñetazo? ¿Y por qué tuviste que hacer eso?

—Porque estaba en la cabaña.

—¡No puedes ir golpeando a la gente solo porque estén en una cabaña! ¿Fue por algo del pasado? Sé que no solíais llevaros bien.

—No. No tuvo nada que ver con el pasado. Fue porque estaba allí... contigo. O al menos eso pensaba yo.

—¿Que pensaste que Matt y yo...? ¿Que estaba conmigo?

En aquel momento, Jena empezó a reírse a carcajadas. Fue entonces cuando Noah se dio cuenta de que llevaba puesta una de sus camisas. Como los botones se le habían desabrochado, sabía que no llevaba nada debajo.

—Deja de reírte —le dijo—. ¿Por qué llevas mi camisa puesta?

—La tenías en la cuerda, secándose. Tuve que quitarme la ropa. Luego, me lavé con la manguera y me puse esto.

Quiso pedirle que se la devolviera, que se la quitara, quitársela él mismo y hacerle el amor durante cuatro días seguidos para luego volver a empezar. Sin embargo, no estaba del todo seguro de lo que sentía. Ni de lo que sentía ella.

Jena pareció ver la confusión que se apoderaba de él y, sin poder evitarlo, le acarició los labios suavemente con el dedo.

—Para empezar, Matt no está interesado en mí como mujer. De hecho, aunque te pido que no se lo digas a nadie, está muy enamorado de su compañero Michael. En segundo lugar, aunque viniera para decirme que el trabajo era mío, no lo quiero. He estado pensando mucho en lo que me dijiste, en lo de los desafíos y sé que necesito algo más real, no sé el qué, pero necesito trabajar con la gente...

Vio el suave brillo del amor en ojos de Noah, pero siguió impidiéndole que hablara. No obstante, siguió acariciándole los labios, sin saber cuánto tiempo podrían los dos soportar aquella tensión.

—En tercer lugar, no nos conocemos muy bien y tú tienes muchos asuntos sin resolver de los que ocuparte con tu Lucy, pero estoy muy segura de que lo que quiero de ti es mucho más que una aventura de una sola noche. Tal vez una aventura de cincuenta o sesenta años. Si eso también te atrae a ti y estás seguro de que tu pasado es eso, pasado, entonces, podríamos trabajar juntos en nuestros futuros.

—¿Te estás declarando? —preguntó Noah, con la voz ronca por la emoción.

—Estoy estableciendo las reglas del juego —susurró ella, antes de besarlo—. Ahora, como habrás estado levantado toda la noche, ¿qué te parece si duermes un poco? Yo voy a ir a ver a Matt y a buscar algo de ropa. Ayer por la tarde no pudimos ensayar, así que tendremos que hacerlo hoy.

—¿Regresarás? ¿Para quedarte aquí conmigo? Ya sabes que eres muy bienvenida.

–¿Cómo si no nos íbamos a poder conocer bien? –replicó Jena, con una sonrisa en los labios.

Para ser una semana que había empezado tan mal, terminó en un puro gozo. Tener a Jena en la casa, la llenaba de vida de un modo en que Lucy nunca habría conseguido hacerlo. También lo llenaba de vida y de amor a él, haciéndolo reír y deleitándolo en la cama.

–Vamos, perezoso –susurró ella, cuando vio que Noah no se levantaba. Le acarició la espalda con el cabello, algo que lo volvía loco. Entonces, él se dio la vuelta rápidamente y la tomó entre sus brazos–. No tenemos tiempo para esto. Es sábado. Carla y los demás nos esperan en el hospital. Tienes el tiempo justo para desayunar antes de que vayamos a prepararnos para el desfile.

Le recordó que se pusiera el traje de baño bajo la ropa, ya que aquello era todo lo que les iba a permitir a sus estatuas, junto con algunas telas. Después de los últimos ensayos, Noah se había empezado a preguntar si no habría sido mejor desfilar con una nariz postiza. Además, sabia que le estaban ocultando algo, ya que los había sorprendido a todos riendo después del último ensayo, aunque no había mucho que pudiera ocurrir sobre su sencilla carroza.

Se reunieron con los demás en el aparcamiento del hospital. Ya habían enganchado la carroza al coche de Jena. Tardaron más de dos horas en aplicar la pintura corporal para que ella se quedara satisfecha con los resultados.

–¿Y tienes que pintarme también el pelo? –protestó él, mientras Jena le ponía más y más pintura.

–Bueno, ¿recordáis lo que tenéis que hacer? –les preguntó ella, a todos en general, cuando estuvieron pintados de la cabeza a los pies y colocados en sus posturas habituales entre las columnas.

Todos respondieron afirmativamente, casi sin mover los labios, para que no se les descascarillara la pintura.

–¡Estupendo! John va a conducir y Kate irá dando instrucciones para cuando haya que cambiar de postura –les anunció Jena. Noah sabía aquello, ya que el equipo de grabación había vuelto a Kareela para filmar el desfile–. Yo iré al lado de la carroza por si hay algún problema.

Entonces, se dio la vuelta y sacó una jaula con una cacatúa blanca en su interior. ¿De dónde había salido aquel pájaro? ¿Y por qué?

Noah no pudo preguntar porque la carroza empezó a moverse hacia la biblioteca, donde se reunirían con las demás para desfilar por la calle principal. Ya no veía a Jena y, como notó que había ya público, empezó a concentrarse en su trabajo como estatua.

Acababan de llegar a donde empezaba a haber más gente cuando se le posó un pájaro en la cabeza. A pesar de los gritos de alegría de los espectadores, no se movió. Había allí muchos de sus pacientes, los McDonald... Todos aplaudían y reían. Y el pájaro no se movía. Tal vez lo haría cuando cambiaran de postura.

–¡Fuera! –musitó, como pudo, sin mover casi los labios.

Entonces, el ave se le colocó en el hombro y pareció ponerse a comer algo que él parecía tener detrás de la oreja. Entonces, vio unas plumas blancas y una cresta amarilla y empezó a comprenderlo todo.

El desfile terminó en el parque, mientras la orquesta municipal tocaba villancicos navideños. Kate les dijo que se podían relajar. Las otras estatuas rodearon a Noah, riéndose y felicitándose los unos a los otros.

–Hemos sido los que más aplausos han conseguido.

–A la gente le gustó mucho.

–Jena dijo que debería haber sido una paloma, pero que no pudo encontrar una amaestrada. Es la cacatúa de su hermano y, más que nada, adora las semillas de calabaza. Por eso te las puso en el pelo.

Carla se lo explicó todo mientras Suzy utilizaba las semillas que había por el suelo para que el pájaro se le subiera a ella en el brazo. Noah miró a su alrededor y vio que Jena se acercaba, con la jaula vacía en las manos.

–¿Te ha molestado mucho? –le preguntó, algo temerosa. Detrás de ella, la gente seguía riéndose y bromeando sobre la estatua del pájaro.

Noah la estrechó entre sus brazos, a pesar de la pintura que le cubría el cuerpo, y con la que le manchó completamente la ropa.

–No. De hecho, ¡ha sido muy divertido! –admitió él.

–Así es la vida en su mayor parte –susurró Jena–, pero, como en el amor, nos tenemos que esforzar un poco para que sea así y, cuando lo encontramos, debemos guardarlo como un tesoro y disfrutar con ello –añadió, antes de besarlo apasionadamente. Cuando volvió a mirarlo, tenía la boca manchada de pintura plateada–. Nos divertiremos mucho, ¿verdad?

–Sí. Además, ya lo he calculado todo. Durante cincuenta años, tendremos que llamar a lo nuestro una aventura de dieciocho mil doscientas cincuenta noches, y eso es sin contar las noches extra de los años bisiestos.

–Me parece bien –susurró Jena, acurrucándose un poco más contra su pecho–. ¡Pero solo para empezar!

Acepte 2 de nuestras mejores novelas de amor GRATIS

¡Y reciba un regalo sorpresa!

Bianca®...
la seducción y fascinación del romance

No te pierdas las emociones que te brindan los títulos de Harlequin® Bianca®.

¡Pídelos ya! Y recibe un descuento especial por la orden de dos o más títulos.

HB#33547	UNA PAREJA DE TRES	$3.50	☐
HB#33549	LA NOVIA DEL SÁBADO	$3.50	☐
HB#33550	MENSAJE DE AMOR	$3.50	☐
HB#33553	MÁS QUE AMANTE	$3.50	☐
HB#33555	EN EL DÍA DE LOS ENAMORADOS	$3.50	☐

(cantidades disponibles limitadas en algunos títulos)

CANTIDAD TOTAL	$ _____
DESCUENTO: 10% PARA 2 Ó MÁS TÍTULOS	$ _____
GASTOS DE CORREOS Y MANIPULACIÓN	$ _____
(1$ por 1 libro, 50 centavos por cada libro adicional)	
IMPUESTOS*	$ _____
TOTAL A PAGAR	$ _____

(Cheque o money order—rogamos no enviar dinero en efectivo)

Para hacer el pedido, rellene y envíe este impreso con su nombre, dirección y zip code junto con un cheque o money order por el importe total arriba mencionado, a nombre de Harlequin Bianca, 3010 Walden Avenue, P.O. Box 9077, Buffalo, NY 14269-9047.

Nombre: _____

Dirección: _____ Ciudad: _____

Estado: _____ Zip Code: _____

Nº de cuenta (si fuera necesario):_____

*Los residentes en Nueva York deben añadir los impuestos locales.

Harlequin Bianca®

CBBIA3

Con los pies hinchados y aquella enorme tripa, Ryanne Rieger no esperaba llamar la atención del cowboy más sexy de la ciudad. A Tom Hunnicutt no parecía importarle lo más mínimo el hecho de que ella hubiera vuelto a la ciudad a punto de convertirse en madre soltera. ¿Por qué demonios estaba tan pendiente de ella?

Por algún motivo, Tom no conseguía quitarse a Ryanne de la cabeza; había algo tremendamente molesto, a la vez que poderosamente atrayente, en esa mujer que parecía no tener miedo de nada. Lo último que necesitaba Tom en aquellos momentos de crisis era implicarse con Ryanne... Sin embargo, eso fue precisamente lo que hizo.

Canción de cuna para dos corazones

Debrah Morris

PÍDELO EN TU PUNTO DE VENTA

A Maggie Stewart le bastaron unos minutos para hacer flaquear al soltero más empedernido... y más sexy. Sin embargo, su matrimonio tenía fecha de caducidad: solo duraría hasta que Luke West consiguiera su cuantiosa herencia. El apuesto jinete había prometido no dejarse llevar por lo que sentía por su esposa ya que por nada del mundo quería poner a Maggie en una situación comprometida. Sin embargo ella había prometido provocar en su esposo el más irrefrenable deseo para, finalmente, ofrecerse como recompensa... con una condición: que su amor no durara solo una noche, sino toda la vida.

PÍDELO EN TU PUNTO DE VENTA